AF367301

JOSEP LORMAN

LA PUNTA DEL DIAMANT

Col·lecció: URSA MAIOR
Director: David Soler

LA PUNTA DEL DIAMANT
1.ª edició, abril de 2006.
1.ª reimpressió, octubre de 2009.

© 1991-2009: Josep Lorman.
© d'aquesta edició: ICG Marge, SL.

Edita: Marge Books - València, 558, àtic 2.ª - 08026 Barcelona
www.marge.es - Tel. +34-932 449 130 - Fax +34-932 310 865

Gestió editorial: Hèctor Soler, Laura Matos i Anna Palacios.
Edició: Sandra Martínez.
Producció editorial: Miquel Àngel Roig.
Impressió: Service Point (El Prat de Llobregat, Barcelona)

ISBN: 978-84-86684-44-0
Dipòsit Legal: B-

JOSEP LORMAN

LA PUNTA DEL DIAMANT

TANCAT!

No sabia on era. La foscor l'envoltava per complet. Només una tènue claror que entrava per sota la porta li va donar la referència que, efectivament, continuava al món dels vius. El cap li fiblava a cada moviment i se sentia incapaç d'aixecar-se de terra. A poc a poc, va anar recuperant consciència dels seus sentits. El terra era de fusta. Ho va notar en palpar-lo per incorporar-se. A més de fosc, el lloc era terriblement silenciós. Es va sentir preguntar si hi havia algú. No va obtenir cap resposta. Bé, almenys havia comprovat que podia parlar. A quatre grapes va anar recorrent la superfície de fusta cap a la porta. Es va incorporar i va intentar obrir-la. No va poder. Dret, el cap encara li fiblava amb més violència. Va tornar a agenollar-se i les fiblades van anar minvant d'intensitat. Aleshores es va asseure, recolzant l'espatlla a la paret, i es va posar a pensar.

Què li havia passat? Per què era allí, tancat, amb el cap adolorit? Qui l'havia portat fins aquella habitació? Lentament, en Guillem Massana va anar recordant l'última situació de què tenia consciència.

Circulava ran de mar per l'estreta carretera que

duia a Saint-Pierre amb el cotxe del metge espanyol, quan un Toyota Land Cruiser el va avançar i se li va creuar al davant, fent-lo parar. Dos homes van baixar del cotxe i li van dir que els havia d'acompanyar. Acompanyar a on? No li ho podien dir. Eren dos homes malcarats, amb poques ganes de conversa. En Guillem va dir que ell no baixava i que fessin el favor d'apartar-se i deixar-lo passar. Aleshores, un dels homes va treure una pistola i l'hi va posar a la galta.

—Ja ho crec que baixaràs, maco.

I, és clar, va baixar. Què podia fer si no? Recordava la sorpresa de la situació. No entenia res del que li estava passant. De sobte, va pensar que havia de fugir i va arrancar a córrer. L'altre home el va deturar i... Aquí s'acabava la història. Ja no hi havia res més. Segurament, les fiblades del cap eren conseqüència del cop que havia rebut per part del que anava armat. Havia perdut el coneixement i l'havien portat fins aquella habitació. Sí, era molt probable que hagués passat això, però per què? Per què l'havien deturat?

Un soroll llunyà va interrompre les seves cabòries. Semblava el motor d'un cotxe que s'anés acostant; cada vegada era més clar i proper. El cotxe es va aturar davant la casa i va sentir tancar-se les portes. Una clau va entrar al pany d'una porta. No, encara no era la de l'habitació. Tot passava massa allunyat. La porta es va tancar. Les passes van ressonar sobre el terra de fusta... i les veus...

—On és?

—A l'habitació del fons.

—Sou uns estúpids. No calia fer les coses d'aquesta manera.

—Es volia escapar...

—Jo també m'hauria volgut escapar si m'haguessin posat una pistola al cap.

—Doncs, ja ens diràs com l'hauries portat fins aquí.

—Amb imaginació.

Les passes s'havien anat apropant a la porta. Una clau va girar al pany i la porta es va obrir. La llum va enlluernar en Guillem, que continuava assegut a terra. Els tres homes, de moment, no el van veure.

—Aquí no hi és.

—Com és possible...?

—Sóc aquí. No m'he esfumat, no patiu.

—Vaja, veig que conserva el sentit de l'humor.

—Quin remei.

—Bé, només li vull fer unes preguntes.

Qui li parlava era un personatge nou; els que l'havien segrestat van quedar lleugerament enretirats i en silenci.

—I no hi havia una manera més civilitzada de dir-m'ho?

En Guillem, lentament, es va aixecar de terra.

—Ho sento. Ha estat una estupidesa d'aquests dos.

Amb el llum encès en Guillem va veure que era en una habitació gairebé sense mobles. El terra, en efecte, era de fusta i les parets estaven empaperades amb un paper de flors grosses i de colors estridents. En un racó hi havia una taula baixa i dues cadires; arrambat a la paret del fons hi havia un sofà-llit.

—Porta les cadires cap aquí, René.

Un dels homes sorruts que l'havien aturat se'n va anar cap al racó, va agafar les dues cadires i les va apropar.

—Segui, per favor —va oferir el que semblava ser el capitost.

En Guillem va asseure's en una de les cadires i tot seguit ho va fer el francès.

—Bé, primer de tot voldria saber qui és i què hi fa a Saint-Pierre?

Era un home d'uns cinquanta anys, amb el cabell grisós i de posat resolut. El seu to era sec, propi de qui està acostumat a manar. En Guillem es va pensar la resposta.

—I per què us ho he de dir?

—Doncs per la senzilla raó que li ho pregunto i perquè no penso deixar-lo sortir d'aquí fins a saber-ho. Si la seva història em convenç, no hi haurà cap problema; si no, n'hi pot haver molts.

En Guillem va dubtar per uns moments.

—Em dic Guillem Massana i he vingut a Saint-Pierre en un bacallaner basc que pesca al banc de Terranova. Estem fent gas-oil i carregant queviures. Demà passat tenim previst deixar el port.

L'home va clavar la mirada en les mans d'en Guillem.

—No té l'aspecte de pescador.

—És la primera sortida que faig...

L'home no apartava els ulls de la cara d'en Guillem, era com si volgués travessar-li el rostre i arribar fins als racons més amagats del seu cervell per saber si estava dient o no la veritat.

—...En realitat sóc biòleg. M'he embarcat en un bacallaner per mirar de confirmar una hipòtesi que presento al meu treball de llicenciatura.

Es va fer un silenci.

—Interessant —va apuntar finalment l'home que l'interrogava. I quina hipòtesi és aquesta?

En Guillem se'l va mirar estranyat. No hauria suposat mai que li pogués interessar la seva tesi.

—Doncs, he recollit dades entre els patrons de pesca i els armadors del Cantàbric i a través d'antigues llegendes de pescadors que fan suposar que cada cert temps es produeix una gran migració de bacallà que va des del Flemish Cap, una zona de l'Atlàntic prop de Terranova, fins al mar de Barentsz, al nord d'Europa.

—Interessant.

Mentre va durar l'explicació d'en Guillem, l'interrogador no va apartar la mirada un sol moment del seu rostre.

—Així deu haver sentit a parlar del misteriós naufragi del *Saint Peter* —va afegir, insinuant un somriure.

En Guillem també va somriure. Va pensar que el volia enxampar, que volia saber fins a quin punt tot el que li estava dient era cert, i ho feia subtilment, apel·lant al seu coneixement d'una llegenda de principis de segle XX molt popular a Terranova.

—Sí, conec la llegenda. De fet, el *Saint Peter* i la seva càrrega de sal podrien haver anat al fons del mar després de xocar amb aquest gran banc de bacallans.

—Interessant —va repetir una vegada més l'interrogador.

—No et deus creure tot això? —va intervenir en René.

—Doncs, sí, m'ho crec. És una història tan extravagant que ha de ser certa per força. El que hi ha és una altra qüestió. Què hi feia a la punta del Diamant?

En Guillem va dubtar un moment. La punta del Diamant era l'extrem més meridional de l'illa; allí s'havia aturat i havia sortit del cotxe per caminar una mica.

—Res..., res de particular. Curiositat. M'agrada conèixer els llocs on vaig. El metge espanyol m'ha deixat el seu cotxe i he sortit a passejar per l'illa. Hi ha alguna cosa de dolent en això?

L'interrogador va dubtar.

—Depèn.

—Depèn de què?

—Del que hagi vist.

En Guillem va mirar fixament l'home. No entenia què volia dir. No recordava res del que havia vist que pogués justificar una situació com aquella.

—Què vol que hagi vist? El mar, les roques, els matolls... No hi ha pas gaire més a veure en aquell lloc.

—Doncs millor per vostè.

I mentre deia això, l'home es va aixecar de la cadira com si volgués donar per acabada la conversa.

—Què fem? —va preguntar en René.

—Ara en parlarem. De moment s'ha de quedar aquí.

I dirigint-se a en Guillem, va continuar:

—Ho sento, però de moment es quedarà aquí amb aquest dos que ja coneix. El tractaran bé, no s'amoïni. Després el deixarem anar i, per la seva tranquil·litat, li recomano que no comenti amb ningú res del que ha passat. Oblidi que l'han dut aquí. Oblidi que ens ha vist. Entén el que li vull dir?

—Perfectament.

—Intueixo que és una persona intel·ligent i que sabrà fer-se càrrec del que li convé. Si és discret, no passarà res; si no..., si no, pot haver-hi complicacions. La ciència es podria veure privada prematurament d'un jove i brillant científic. I jo no ho voldria pas. Prengui-s'ho, doncs, amb calma. Confio que no ens haguem de tornar a veure.

Després de dir això, el capitost va sortir de l'habitació seguit dels altres dos, que van tancar la porta amb clau.

En Guillem va continuar assegut a la cadira. Estava atordit per una situació que no entenia i no sabia què fer. Va començar a pensar que els seus companys del vaixell, en veure que no tornava, el sortirien a buscar. Què n'haurien fet, del cotxe del metge? Segurament l'haurien deixat abandonat. En no trobar-lo, es pensarien que havia tingut un accident, que potser havia caigut al mar. Avisarien la gendarmeria. O potser no, potser pensarien que s'havia embolicat amb alguna noia de Saint-Pierre i que la seva desaparició no obeïa a res més que a una passió sobtada. Aquesta podia ser una bona explicació per a quan tornés. Perquè alguna cosa hauria de dir. Que s'havia passat tots dos dies tancat en una habitació —i això seria ben cert— amb una afectuosa franceseta de Saint-Pierre —i aquí ja hi entrava la fantasia—. Sí, aquesta podia ser una bona explicació.

Durant una bona estona en Guillem Massana va sentir el murmuri d'una conversa, però no va entendre res del que deien. Després, va sentir obrir i tancar-se una porta, es va engegar un cotxe i es va allunyar. A l'interior de la casa van ressonar cops i passes, per la qual cosa va deduir que aquesta vegada no estava sol. Al cap de poc, va començar a sentir que l'aire perdia la fredor que el tenia entumit. Qui fos, havia encès la calefacció, i li ho agraïa, perquè estava glaçat. Com l'empresonament semblava anar per a llarg, en Guillem va procurar asserenar-se i reflexionar. I aleshores se li va colar la Laura i ja no se la va poder treure del cap en tota la nit —perquè creia que ja era de nit—. En realitat, si era allí era per la Laura. Ella, més ben dit, la necessitat d'oblidar-la, el va dur a plantejar-se anar-se'n de Barcelona. Però no podia marxar simplement perquè una dona l'havia deixat, necessitava un motiu més consistent per amagar aquella fugida —perquè el que estava fent no era res més que fugir d'ella, del seu record obsessiu—, necessitava donar-li sentit al fet de marxar per una temporada de la ciutat on ho tenia tot: amics, treball, família. La tesi de llicenciatura li va proporcionar un bon motiu. Fins aleshores, el seu treball d'investigació sobre les migracions a l'oceà Atlàntic de les espècies marines d'interès comercial havia estat elaborat en la teoria, reunint dades i més dades sobre la quantitat, el moment i el lloc de les captures. També havia recopilat tot una sèrie de llegendes marines referides a grans peixos o bancs de peixos i a misteriosos naufragis en alta mar, que la imaginació exaltada dels pescadors d'altura havia anat produint en el decurs dels segles. Una vegada treballada tota aquesta informació, havia elaborat diverses hipòtesis referides al moviment de les diferents espècies que es pesquen actualment a l'Atlàntic. En una d'elles establia un gran moviment migratori, de caràcter cíclic, que duia cada vint anys, en acabar-se l'hivern, una gran massa de *Gadus morrhua*, és a dir, de bacallà, des d'un punt del banc de Terranova fins al cap de Kanin, al nord d'Europa, en una llarga diagonal de milers de quilòmetres que passava per l'estret de Dinamarca, entre Groenlàndia i Islàndia. I precisament, aquest any era un any de migració. Així és que va decidir anar-ho a comprovar personalment. Va escriure a un armador basc de Pasai i li va explicar la seva teoria i en què la fonamentava. L'armador es va manifestar interessat a intentar obtenir la pesca del segle seguint un mètode estadístic i el va acceptar en la seva tripulació com a assessor científic. Anirien a rastrejar aquell punt del Flemish Cap, conegut com el Salt Saint Peter Bank, que era el lloc d'on suposava que partiria la gran migració de bacallà. Per això era a Saint-Pierre. Si treien una bona pesca, a més de demostrar la seva hipòtesi, s'enduria un percentatge sobre el valor de la captura d'uns quants milers d'euros; si no la treien, haurien perdut tots els temps.

El repte de l'aventura li havia anat fent oblidar la Laura. Al principi, l'adaptació a la vida del vaixell li havia demanat tota la seva atenció. El fet de navegar per primera vegada en un modern bacallaner, les relacions amb la tripulació, el seu mateix paper, no massa ben vist per alguns, sobretot pel patró de pesca, tot plegat el tenia prou distret i la Laura es va convertir en una imatge del passat. Després, quan tot va esdevenir més habitual, es va adonar que la recuperació no seria tan ràpida com li havia semblat en un primer moment. Dos anys de relació, especialment d'una relació tan apassionada com la seva, no s'esborren amb un viatge per l'Atlàntic per molt excitant que sigui. Sovint la recordava enmig d'una gran barreja de sentiments. Odi, amor, despit, nostàlgia, decepció, tendresa; una sensació succeïa l'altra, s'entrellaçaven, es confonien en una promiscuïtat que, en alguns moments, li resultava insuportable. Aleshores, sortia a la coberta i deixava que l'aire fred d'alta mar li paralitzés el pensament. Es lliurava al simple plaer de les sensacions més elementals. Assaborir la salabror de la brisa, escoltar el batre de les ones contra el casc, observar el rastre d'escuma, coses que segurament havien fet milers d'homes abans que ell, víctimes de les més diverses melangies.

Ara, tancat i en silenci, sense possibilitat de refugiar-se en la contemplació del món exterior, en Guillem Massana va preveure que li seria més difícil desempallegar-se de la Laura. Però es va equivocar. Quan, de sobte, es va obrir la porta de l'habitació, la imatge de la Laura va desaparèixer instantàniament, com si amb aquella acció haguessin apagat, també, la llum del projector que la il·luminava.

LA CARLOTA

LA primera a notar l'absència d'en Guillem va ser la Carlota, la dona del metge espanyol destinat a l'illa de Saint-Pierre. Més ben dit, el que va notar, en realitat, va ser l'absència del cotxe al garatge. Havia estat tancada al seu estudi tota la tarda pintant i al capvespre li va venir de gust anar a fer un tomb. Feia ja temps que li costava suportar la vida tranquil·la de l'illa. Sempre les mateixes cares, sempre les mateixes paraules convencionals, sempre les mateixes actituds resignades, satisfetes en la seva rutinària existència, construïda amb infinites repeticions diàries d'accions insulses. Havia arribat un punt que pràcticament no veia ningú, ni el seu propi marit, sempre pendent d'algun o altre malalt. L'única manera que tenia d'atenuar aquell terrible avorriment que l'asfixiava era pintar. Pintava i pintava sense parar paisatges obsessius on l'aigua era l'element aïllant, el barratge cap al més enllà. Un mar grisós, inquietant, s'estenia amenaçador, davant de personatges contemplatius instal·lats damunt d'una roca en les més variades actituds. El que canviava era la llum, el color, la bravesa del mar, la posició del personatge, però mai l'escena. Sempre aquella figura, home o dona, no importa, mirant cap a l'infinit a través d'un grandiós fossar ple d'aigua: l'oceà. El seu marit li deia que pintés altres coses. Allí, a Saint-Pierre, les cases eren de colors vius, petites i gracioses. A ell li semblava que aquest era un bon tema per pintar: una nena caminant davant d'una caseta vermella, una dona mirant per la finestra d'una caseta blava, un gos ajagut al llindar de la porta d'una caseta groga. A ella, aquests suggeriments encara la posaven més nerviosa. Si ell volia pintar casetes, doncs que les pintés, però ella ja en tenia prou amb veure-les cada dia, al mateix lloc, habitades per les mateixes persones, amb els mateixos transparents a les finestres. Després de cada discussió, ell s'asseia resignadament davant del televisor i contemplava, absent, el concurs que emetia l'emissora local, la Radio Televisió Francesa d'Ultramar, gairebé sempre amb els mateixos concursants —no hi havia gaire gent on triar en aquella illa.

En veure que el Nissan Patrol no era al garatge, la Carlota es va dirigir cap al dispensari espanyol, on visitava el seu marit. Va sortir de casa sense abrigar-se massa i l'aire gèlid, propi de finals d'hivern, la va fer estremir.

Els carrers de Saint-Pierre eren coberts de neu. Tot i que començava a ser fosc, enmig de la blancor, les coloraines de les cases encara ressaltaven més. Totes eren de fusta i tenien planta baixa, un pis i mansarda. La seva disposició era ordenada i entre totes dibuixaven una retícula de carrers que es creuaven en angle recte força perdedora per qui no la conegués bé. La Carlota, tot i que portava ja dos anys a l'illa, encara hi havia moments que s'havia d'aturar i mirar al seu voltant per veure de trobar alguna referència que li indiqués on era exactament. Aquesta era una altra de les coses que no li agradava gens d'aquella tranquil·la població. A la seva desorientació íntima, encara hi havia d'afegir, quan sortia al carrer, una sensació de desorientació física que augmentava el seu desassossec.

En arribar al dispensari, el seu marit li va explicar que havia deixat el cotxe a un biòleg català que anava embarcat en un bacallaner espanyol perquè fes un recorregut per l'illa.

—Doncs ja podria haver tornat —va dir la Carlota amb un to d'evident contrarietat.

—Sí, és estrany. Ha sortit aquest matí i m'ha promès que a primera hora de la tarda seria aquí.

—Bé, deixa-ho córrer. Ja tornarà. Tampoc no pot haver anat gaire lluny. El que em fastigueja és que volia airejar-me una mica. Sortiré a caminar. A les vuit seré a casa.

—No et preocupis per mi. Aquest vespre arribaré tard. Tinc una guàrdia a l'hospital.

La Carlota, sense fer cap comentari, es va dirigir cap a la porta.

—No sé com surts així de casa. Sembles una criatura. Té, posa't aquest anorac, encara agafaràs una pulmonia.

La Carlota, abrigada amb l'anorac, va sortir al carrer i es va posar a caminar sense tenir una idea clara d'on anava. En realitat, caminava per fer una cosa diferent de la que havia estat fent tota la tarda, per canviar una mica, però era un canvi tan insignificant, tan absurd, que encara li va fer augmentar més aquella sensació d'impotència, d'incapacitat per modificar la seva situació que darrerament la consumia.

De sobte, va començar a nevar. A Saint-Pierre els canvis de temps se succeïen amb una rapidesa sorprenent. En menys de deu minuts es podia passar del sol més enlluernador a una forta nevada, per després tornar a aclarir. El cel de l'illa de Saint-Pierre era com una mena d'autopista per on els núvols circulaven a gran velocitat.

La ciutat de Saint-Pierre, amb els seus sis mil habitants, la majoria funcionaris, era la capital del territori francès d'ultramar constituït per tres petites illes: Saint-Pierre, Langlade i Miquelon; situades al sud de Terranova. Des de Saint-Pierre, els dies clars es podia veure el perfil penya-segat de la península de Burin, a Terranova. Aquesta illa canadenca era tant sols a unes quinze milles d'aquest polèmic enclavament francès a l'Atlàntic. Per què polèmic? Doncs perquè als canadencs no els feia cap gràcia tenir aquesta mena de gra dins del límit de la zona de pesca de les dues-centes milles. L'any 1977, els canadencs, veient que la gran riquesa de les plataformes continentals de Terranova, el Labrador i el golf del Sant Llorenç es trobava amenaçada per la sobreexplotació de què era objecte per part de les flotes pesqueres espanyola, francesa, alemanya i japonesa, van decidir unilateralment estendre el límit de les seves aigües jurisdiccionals fins a les dues-centes milles nàutiques per tal d'assegurar-se el seu exclusiu profit. Davant d'aquesta mesura, els francesos van respondre de la mateixa manera. Així, les dues-centes milles al voltant de l'arxipèlag de Saint-Pierre i Miquelon es van juxtaposar a les dues-centes del litoral canadenc, amb la qual cosa les discussions entre les dues nacions sobre qui tenia més dret a pescar en aquesta zona comuna eren constants.

Les que sí que ho tenien clar eren les flotes de les altres nacions, que es van veure relegades a pescar fora de les dues-centes milles, tant canadenques com franceses.

Això va ser un cop molt fort per a l'economia de Saint-Pierre, que s'havia convertit en una veritable estació de servei enmig de l'Atlàntic Nord per a totes les flotes que rastrejaven els Grans Bancs de Terranova. El seu port, que durant l'època de pesca havia arribat a abrigar més de dos-cents vaixells, es va quedar de cop i volta gairebé buit i les instal·lacions portuàries, infrautilitzades. Es van haver de buscar alternatives per continuar mantenint el nivell de vida de la població de l'arxipèlag: es va construir una moderna planta de congelació, es va renovar la flota pesquera, es va intentar promocionar un cert turisme d'estiu, es va parlar de fer prospeccions petrolieres; però la jugada de les dues-centes milles va ser un cop massa fort i Saint-Pierre, de moment, encara no se n'havia refet. Aquest departament francès d'ultramar, tot i la seva importància estratègica per a l'activitat pesquera francesa, seguia tenint una economia deficitària i els seus habitants depenien dels interessos de la metròpoli. Realment, aquesta era un posició incòmoda, que exaltava els ànims dels santpierrencs més conscients i emprenedors, i els abocava a la frustració i a l'enyor nostàlgic d'un passat més esplendorós.

Malgrat les dificultats, ja que la vigilància canadenca s'havia convertit en una veritable cacera, la flota espanyola s'havia mantingut fidel als bancs de Terranova i a Saint-Pierre. Ara, però, les zones de pesca es reduïen a dues petites puntes del Banc de Terranova que sobresortien del límit de les dues-centes milles, conegudes pel «nas» i la «cua» del Gran Banc i una zona aïllada, denominada Flemish Cap o Bonnet Flamand, segons les cartes nàutiques fossin canadenques o franceses. Precisament, d'aquesta zona encara de lliure pesca era d'on, segons en Guillem Massana, havia de partir la gran migració de bacallà.

En passar pel davant de l'Hotel Robert, la Carlota va sentir el desig de prendre alguna cosa calenta i va entrar-hi. L'Hotel Robert era, potser, l'únic local de la ciutat que li resultava agradable. Segurament era pel seu poder suggeridor. L'Hotel Robert va ser el centre d'operacions dels traficants d'alcohol durant l'època de la prohibició a Estats Units. A les seves habitacions s'hi havien allotjat homes decidits i sense massa escrúpols, pendents només de fer fortuna. En una vitrina del saló es conservava encara un barret que el propietari assegurava que va pertànyer a Al Capone. A les parets, nombroses fotografies de l'època donaven una idea del bon moment econòmic i de l'eufòria social que va representar la «llei seca» per a Saint-Pierre.

La Carlota va demanar un te i es va posar a contemplar les fotografies. Li hauria agradat viure aquells dies de disbauxa, participar de l'eufòria del bon moment econòmic que va comportar el fet que Saint-Pierre es convertís en el centre principal de distribució d'alcohol de la costa nord-est de Estats Units. I va recordar quan, al poc temps de ser a l'illa, l'Étienne Robert, el vell propietari de l'hotel, asseguts en aquella mateixa taula, li va pintar amb paraules vehements, no desproveïdes d'una certa nostàlgia, aquell gran moment de Saint-Pierre. «En els molls s'apilaven caixes i més caixes de whisky, que carros i camions transportaven als magatzems. Qualsevol local es va convertir en un improvisat magatzem de whisky. Fins i tot la fàbrica frigorífica va tancar les portes per manca de mà d'obra i es va convertir en el més gran dels magatzems, capaç de contenir més d'un milió de caixes de begudes alcohòliques. Fixa't bé en el que et dic: més d'un milió de caixes! Els pescadors van deixar de sortir a la mar i es llogaven com a descarregadors, camioners o tripulants de les embarcacions contrabandistes. Centenars de milers de caixes de whisky s'havien de descarregar dels vaixells canadencs i francesos que arribaven a l'illa, dur-les als magatzems i, després, carregar-les a les més de vuitanta embarcacions contrabandistes, dotades de potents motors, que es dirigien cap a diferents punts de la costa est d'Estats Units. En els millors moments del tràfic, aquest riu d'alcohol havia arribat a ser de més de 300.000 caixes mensuals. Fixa't bé en el que et dic, més de 300.000 caixes mensuals!» I quan puntualitzava, els ullets del vell brillaven amb fruïció. La bonança econòmica es reflectia en els rostres de la gent, alegres, somrients. Hi havia una fotografia on un grup de noies de Saint-Pierre, elegantment vestides, envoltaven un satisfet contrabandista amb abric i barret decantat en el més pur estil Elliot Ness. Aquelles imatges, que semblaven fotogrames trets de pel·lícules americanes de la sèrie negra, eren un capítol de la història de Saint-Pierre; sens dubte el més important. La gent de l'illa no va fer grans fortunes. Es necessitaven massa diners per moure tot aquell negoci i van ser els de fora, les destil·leries i els traficants canadencs i americans, els que van enriquir-se. Tot i així, els santpierrencs van gaudir de deu anys, de 1922 a 1932, durant els quals el diner va córrer sense gaires miraments.

L'evocació d'aquella febre d'or va animar la Carlota, que suggestionada pel passat, va deixar el te i va demanar un whisky doble. El cambrer que l'hi va servir no va fer cap gest que denotés el més mínim interès per la seva clienta. Però no va poder evitar pensar que alguna cosa li passava a aquella noia, casada amb el metge espanyol i que es dedicava a pintar. Això era tot el que sabia d'ella. Això era tot el que sabien els habitants de Saint-Pierre de la Carlota. Dels seus neguits, de les seves inquietuds, de la seva desesperació ningú en tenia notícia. Ni tan sols el seu marit havia estat capaç de veure que darrere d'aquell comportament, que ell jutjava capritxós i estrafolari, hi havia un tossut intent de trobar un camí propi, lluny de la resignació amb el destí que l'havia dut a aquella petita illa perduda enmig de l'Atlàntic Nord. Des de feia un temps, la Carlota no estava conforme amb la vida que portava i volia lluitar per modificar-la, però no sabia com fer-ho.

A la Carlota, la van haver d'acompanyar a casa. Després de quatre whiskys, tant sí com no, va voler posar-se el barret d'Al Capone. El cambrer, que no sabia què fer per dissuadir-la, va optar finalment per deixar-li el barret. Però, aleshores, una vegada posat, no se'l volia treure. Els pocs clients que hi havia al bar de l'hotel s'ho miraven entretinguts, sense gosar participar en l'incident. La Carlota deia que se'l volia endur a casa, que es volia fer un autoretrat amb el barret d'Al Capone, i el cambrer, que no podia ser, que el barret era una peça històrica. La Carlota, que a ella li importava un rave la història. El cambrer, que era impossible, que el barret era molt vell i arnat i se li desfaria si el masegava massa. La Carlota, que no patís, que si se li desfeia ja n'hi compraria un altre d'igual i que no fes tan fàstic com aquell. El cambrer, que no, que un altre barret ja no seria el d'Al Capone i que ja no tindria gràcia... Ho va haver de solucionar el vell Ètienne, l'amo de l'hotel, amb molta diplomàcia, canviant-li el barret d'Al Capone per la boina d'una heroïna de la resistència francesa, filla de Saint-Pierre, i assegurant-li que li quedava molt millor que no pas el capell del gàngster.

AL vaixell, qui primer va trobar a faltar en Guillem Massana va ser en Damián, el cuiner. En Damián era de Vigo i feia més de trenta anys que navegava. Era de tarannà afable i senzill, tot i que quan l'empipaven massa ficant-se amb el menjar gastava molt mal geni. Precisament, havia quedat amb en Guillem aquell vespre per preparar junts una escudella catalana. Ja ho tenia tot a punt, però el noi no arribava.

—Deu haver agafat una bona bufa i ni se'n recorda que existeixes —va apuntar en José, l'ajudant de cuina, amb la seva veu cascada, de bon bevedor.

—No, aquest noi no és com d'altres que conec, que quan arriben a port, el primer que fan és mirar d'acabar amb les existències de vi de tots els bars.

—Doncs es deu haver quedat enganxat en algunes faldilles.

—Bah, tampoc no ho crec. No és d'aquests.

—Què vols dir? Que no li agraden les dones? Que és marieta?

—No, no vull dir això, simplement que sembla un xicot seriós i si havia quedat amb mi, m'estranya que no aparegui.

A la nit, com que en Guillem continuava sense arribar, se'n va informar al capità. L'home també es va estranyar, però no va fer cap comentari. Va pensar que ell també havia estat jove i que també havia passat més d'una nit fora del vaixell sense donar explicacions a ningú.

* * *

Al doctor Teixeiro, el marit de la Carlota, el va sobtar molt trobar el seu cotxe aparcat davant la tanca del dispensari amb les claus posades. No hauria dit mai que aquell xicot es pogués comportar d'aquella manera. Com a mínim hauria pogut entrar un moment per donar-li les gràcies; ja no pretenia que li expliqués per què no li havia tornat la tarda anterior, tal com havien quedat, però almenys dir-li alguna cosa. A l'interior del cotxe tampoc no hi va trobar res, ni una simple nota. Decididament, aquell xicot era un barrut..., i no ho semblava.

* * *

La segona nit que en Guillem Massana va faltar al vaixell el capità va començar a preocupar-se. No era normal que no hagués aparegut ni hagués dit res en tot el dia. A més, ningú no l'havia vist enlloc. A la matinada tenia previst salpar i si no apareixia, hauria de comunicar amb l'armador i posar-lo al corrent de la situació. Ell havia autoritzat l'embarcament d'aquell noi i a ell li corresponia decidir si el deixaven a Saint-Pierre o esperaven que aparegués. Entre la tripulació corrien diverses conjectures. Uns opinaven que potser havia tingut un accident i que s'hauria hagut d'avisar la gendarmeria ja la primera nit; d'altres sostenien que no passava res, que el noi havia «lligat» i ni se'n recordava, del dia que era. I comentaven el cas d'un tal Josetxu, un mariner basc, que en el seu primer viatge, en arribar a Saint-Pierre, va entrar al bar La Marine i ja no en va sortir més. La mestressa, una vídua madura i de bon veure, el va agafar per banda i el va fer desaparèixer del mapa. El seu vaixell va salpar i quan va tornar als dos mesos, el tal Josetxu ja s'havia casat i servia begudes darrere la barra. Des d'aleshores, i d'això feia ja quinze anys, no s'havia mogut d'allí.

* * *

Les hores van passar lentes per a en Guillem Massana, tancat entre aquelles quatre parets i sense res més a fer que rumiar què podia haver vist que justifiqués el seu empresonament. Va repassar centenars de vegades mentalment el recorregut que havia fet per l'illa sense trobar-hi res de particular. Només hi havia dos fets que, després de rescatar-los de la memòria amb esforç —tan insignificants li van semblar aleshores—, va arribar a la conclusió que podien ser reveladors d'alguna cosa, ja que eren els únics incidents singulars dins del marc, sempre idèntic, del paisatge de Saint-Pierre. L'un era un vaixell en alta mar a l'alçada de la punta del Diamant, un vaixell pesquer gran, amb el casc pintat de negre i bastant rovellat, que es dirigia cap a l'oest. L'altre era una llanxa que, enmig d'una mar imposant, es dirigia cap a una petita platja situada al cantó de ponent de la punta del Diamant, on semblava que l'esperessin dos homes. En aquell moment, cap de les dues coses li havia dit res per ella mateixa, però ara, extretes del context natural, hi havia en elles un denominador comú que podia ser indicatiu d'alguna cosa: la punta del Diamant. Perquè, a més de situar-se allí els dos únics esdeveniments amb una possible història al darrere —i, ara per ara, no sabia quina podia ser, ni tan sols si n'hi havia alguna—, també hi havia la pregunta del francès. «Què hi feies a la punta del Diamant?» La punta del Diamant, aquell semblava ser el lloc on calia buscar la raó de la seva situació actual.

* * *

Devien ser las quatre de la matinada quan els dos individus que vigilaven en Guillem Massana van entrar a l'habitació on estava i el van despertar.

—Vinga, amunt, que ens en anem.

En Guillem es va aixecar del sofà-llit on s'havia ajagut per mirar de dormir una mica. Un dels homes duia a la mà un tros de corda i un tovalló que va cargolar curosament.

—Acosta't.

En Guillem se'l va mirar amb desconfiança.

—Què aneu a fer?

—Doncs tapar-te els ulls i lligar-te les mans —va dir en René. I va afegir—: no volem sorpreses aquesta vegada.

En Guillem es va deixar lligar el tovalló a la cara i les mans a l'esquena. Encara que suposava que l'anaven a conduir al seu vaixell, que devia estar a punt de salpar, estava nerviós. Per moments pensava que també podria ser un altre el desenllaç: desfer-se d'ell.

Tirar-lo al mar per algun penya-segat, o abandonar-lo en qualsevol lloc de l'illa amb un tret al clatell. Més valia no pensar-hi i confiar que per aquella gent la vida encara era una cosa valuosa que no calia arrabassar tret que no fos del tot necessari. I ell creia que no hi havia cap necessitat de matar-lo. Què havia fet? Res, no havia fet absolutament res que justifiqués la seva mort.

Mentre pensava tot això el van treure de la casa i el van conduir al Toyota que ja coneixia, el van ajeure al seient del darrere i li van dir que no se'n mogués fins que l'avisessin. Van engegar el cotxe i va començar a circular, primer per un camí rocallós i després per una carretera ben asfaltada. En Guillem va anar gravant en la memòria tot allò que li semblava indicatiu d'alguna cosa: el diferent sotraguejar de la calçada, el vaivé dels revolts, els canvis en el ressò del motor en circular entre parets o a cel obert. Tot ho va anar enregistrant sistemàticament. No sabia exactament per què ho feia, potser era una cosa instintiva, però no podia evitar d'intentar saber en cada moment on era.

Després d'una mitja hora de circular, finalment el Toyota es va aturar. Van baixar els dos francesos i van fer sortir en Guillem, el van deslligar i li van treure el tovalló dels ulls. Estaven al port, la llum de la lluna il·luminava l'escena pàl·lidament; l'aire fred es colava per les més petites fissures dels anoracs i entumia els moviments.

—Bé, ja pots fotre el camp. I recorda bé el que et vam dir. La boca ben callada, res d'explicacions, ni als teus companys ni a ningú, i molt menys a la policia. Ho tens clar?

—Com la nit.

Els dos homes instintivament van mirar al cel que oferia un impressionant espectacle de milions de punts de llum sobre un negre trencat per la resplendor d'una lluna rodona i blanca. En René va somriure. Aquell xicot no li queia del tot malament. Tant de bo que els fes cas i no l'haguessin de buscar per escarmentar-lo.

—D'acord, com la nit —va consentir.

Els dos homes van fer mitja volta i van tornar a pujar al Toyota. Al cap de poc ja havien desaparegut i en Guillem es va quedar sol. Tenia una lleugera noció d'on era i va començar a caminar, fent la volta al magatzem que tenia al davant. Passat el magatzem, ja va veure els llums dels vaixells atracats al moll. Un d'aquells havia de ser el seu, el *Lodairo*, i s'hi va dirigir. Tenia les orelles glaçades i la cara li feia mal del fred. De manera que va procurar anar tan de pressa com li permetien les seves cames, mig entumides encara per un viatge tan incòmode.

En Guillem va pujar al *Lodairo* i es va dirigir cap al pont.

—Hola. Bona nit.

El mariner de guàrdia es va despertar en sentir-lo entrar.

—Hola. Ja era hora que apareguessis. El capità ha dit que si arribaves baixessis a veure'l.

—Ara? Però si són les cinc de la matinada!

—Noi, et dic el que m'ha dit. Tu fes el que et sembli, però jo hi aniria. I abans m'inventaria una bona excusa, estava bastant emprenyat. Almenys hauries pogut dir alguna cosa.

En Guillem no va voler donar cap explicació. Ja ho faria a qui calia.

—Bé, doncs ara hi vaig.

Només trucar a la porta de la cabina, el capità va respondre immediatament. O estava despert o aquell home tenia un son molt lleuger.

—Sí. Qui és?

—Sóc jo, en Guillem Massana.

—Un moment.

En Guillem va sentir com el capità es llevava. Al cap d'un moment, que devia haver aprofitat per abrigar-se i rentar-se la cara, va obrir.

—Passa.

En Guillem va entrar a la petita cabina del capità del vaixell sense saber encara què li diria.

—Què t'ha passat? Aquest matí pensàvem avisar la gendarmeria i salpar sense tu. Sembla mentida que hagis pogut arriscar tot el teu treball per una aventura amb una dona, perquè tot això fa olor de faldilles. Ets conscient que un comportament com aquest és imperdonable? En el moment que vas pujar en aquest vaixell vas adquirir els mateixos compromisos que la resta dels tripulants. En un vaixell no hi pot haver tractes de preferència. És un mal exemple per als altres que jo no puc permetre... —i va continuar en aquest to una estona més.

En Guillem va aguantar el xàfec sense dir res.

—Bé, alguna cosa tindràs a dir, no?

—Ho sento. Vaig perdre el cap..., segurament vaig beure massa..., i aquella noia era tan bonica que...

—Així que és el que jo m'imaginava!

En Guillem va dubtar. Li costava un gran esforç mentir a aquell home que des del primer moment l'havia tractat amb amabilitat. Però no volia crear-se problemes innecessaris amb els segrestadors. A més, ell mateix li ho havia posat tan fàcil...

—Doncs, sí.

—Bé, almenys ets sincer. Demà ja n'acabarem de parlar. Ara vés a dormir.

En Guillem va sortir de la cabina del capità amb una sensació desagradable i no tan sols pel fet d'haver mentit —moltes vegades havia hagut de mentir a la seva vida i, segurament, moltes més ho hauria de tornar a fer—, sinó per haver hagut de cedir a les amenaces d'aquells individus, per haver-se doblegat al temor. En entrar a la seva cabina, que compartia amb el contramestre, el va despertar.

—Ah, ets tu. On t'havies fotut?

—Mira, ja ho he explicat al capità i no em ve de gust repetir-ho, ho sento.

—Doncs, no m'ho expliquis, però tanca el llum i no fotis soroll, que jo m'he de llevar d'aquí a un parell d'hores i tu et quedaràs clapant com un bandarra.

*　*　*

A les nou del matí, el *Lodairo* i la seva parella, el *Lagunak*, deixaven anar les amarres i es feien a la mar. La idea era anar a rastrejar el «nas» del gran Banc de Terranova i, tot seguit, dirigir-se cap al Flemish Cap per mirar de localitzar la gran migració de bacallà. Els dos vaixells van deixar el port de Saint-Pierre lentament, amb solemnitat, l'un darrere l'altre, amb un cel cobert i la mar moguda.

Els mariners, mentre veien allunyar-se la costa, pensaven en els quatre o cinc mesos que encara els quedaven per tornar a casa i pregaven perquè les suposicions de l'assessor científic es confirmessin i poguessin omplir les bodegues abans del que era habi-

tual. Per a tots, aquella campanya tenia alguna cosa
d'especial. Els que creien que el biòleg català podia
tenir raó, vivien l'excitació de pensar que participarien
en un esdeveniment important: la primera captura
planejada del més gran banc de bacallà de l'Atlàntic.
Un banc de bacallans tan atapeït i extens que les lle-
gendes el consideraven un únic ésser marí, un mons-
tre extraordinari, que trigava hores i hores a passar pel
davant de qui l'observava, capaç d'arrossegar els vai-
xells que havien tingut la desgràcia de barrar-li el pas
amb les seves xarxes i, fins i tot, de fer-los naufragar
si no les rebentava amb el seu ímpetu o els tripulants
no les tallaven a temps. Un monstre de cos tan com-
pacte que topar amb ell havia significat l'enfonsament
inexplicable de més d'un veler i la follia dels qui so-
brevivien.

Els mariners que es mostraven escèptics respecte
a la hipòtesi d'en Guillem Massana, entre els quals es
trobava en Mikel, el patró de pesca, esperaven, burle-
tes, ser testimonis del fracàs del rastreig. En realitat,
no tenien una raó objectiva per desitjar el malencert
de l'intent de capturar una gran massa de bacallà, so-
bretot ara, que n'hi havia tan poc. Al cap i a la fi, aque-
lla era la seva feina. El que els fastiguejava era que algú
de fora, un home que ben poc tenia que veure amb la
mar, només amb l'estudi i la reflexió pogués fer allò
que ells no havien sabut fer fins llavors: deixar de bus-
car el peix a l'atzar i anar-lo a trobar en un punt i un
dia concrets. Aquests dos grups d'entusiastes i d'in-
crèduls de la teoria de la gran migració havien arribat,
fins i tot, a establir apostes sobre si es trauria la pesca
del segle o no. En aquests moments els entusiastes en-
cara anaven al davant en una proporció de tres a u. Ha-

vien començat millor, però a mesura que passaven els dies, el treball, la rutina i l'isolament en el vaixell anava debilitant els ànims i l'escepticisme guanyava adeptes.

—Bah! No els facis cas. Són uns pessimistes. De vegades penso que els pescadors som els homes més pessimistes de la terra. I la veritat és que darrerament no ens falta motiu. Cada vegada estem més dies a la mar i portem menys peix —va dir en Damián a en Guillem mentre pelava un munt de patates i el noi es prenia un cafè a la cuina—. Seria divertit que precisament ara, que està tan malament això del bacallà, traguéssim la pesca del segle.

Va pelar un parell de patates més i va continuar:

—Tu que ets biògol i que hi entens, d'aquestes coses, què opines de la veda que volen fer els canadencs?

—Biòleg, no biògol —va corregir-lo en Guillem amb un somriure.

—Biògol, biòleg, tant se val, tu ja m'entens.

—Penso que és necessària.

—Però molts pescadors ens quedarem sense feina.

—I si no la fan, també, perquè el banc de Terranova no pot suportar el ritme d'explotació a què el sotmeteu. S'està esgotant per moments.

—N'hi ha que diuen que són les foques.

—Excuses. Sempre hi ha hagut foques i mai s'havia produït una situació com la d'ara. És la sobrepesca el que està acabant amb el bacallà. I els canadencs els primers. Després d'estendre el seu domini a les dues-centes milles, en lloc de vetllar pel control de l'explotació del banc, tal com havien dit que farien per justificar l'ampliació de les aigües jurisdiccionals, s'han dedicat a esprémer-lo ells.

—Són uns malparits, aquests canadencs. A la marea* anterior va anar d'un pèl que no ens capturés una patrullera. Deien que estàvem pescant en les seves aigües i no era veritat. Sort vam tenir d'uns francesos que també eren allí i que van dir que teníem raó, que érem en aigües internacionals. Cada vegada està pitjor la mar...

—I encara ho estarà més si no es canvia la política d'explotació de recursos marins. És estúpid pensar que la vida al mar és inesgotable. Potser fa uns anys, quan es pescava amb els sistemes tradicionals, es podia creure. Aleshores, el ritme moderat d'extraccions permetia la regeneració de la vida marina. Però ara, amb els sistemes de pesca moderns, ja no és així. Cada vegada hi ha flotes més nombroses, vaixells de més tonatge i potència, tecnologies de navegació i de localització més precises, arts més grosses i més resistents, i les tones de pesca capturada augmenten contínuament. El mar està patint un procés d'explotació com mai abans, i ja ha començat a donar signes clars d'esgotament en aquells caladors més freqüentats, com aquests de Terranova. Per això se'ls ha de deixar descansar si no es vol matar-los del tot.

En Damián escoltava en Guillem atentament, però sense parar de fer córrer el ganivet i fer saltar la pell de les patates. Tot allò l'interessava; ell vivia de la mar, sempre hi havia viscut, i el seu pare, i el seu avi; tots havien estat pescadors. Per això ara se sentia tan confós. Què faria quan els canadencs establissin la veda i no es pogués pescar bacallà a Terranova? Ell no

---

* Marea. Denominació entre els pescadors cantàbrics d'una campanya de pesca des de la sortida del port fins a la tornada, i que pot ser de dies, setmanes o mesos.

sabia fer res més que pescar. No era un cuiner, era un pescador que cuinava, que és ben diferent. No podia anar a demanar feina a un restaurant, i a més a la seva edat. Qui voldria un home de cinquanta-cinc anys que s'havia passat la vida a la mar?

*   *   *

Va ser cap al migdia que van començar a veure els primers gels. Infinites plaques de gel, algunes d'elles de grans dimensions, cobrien el mar i oscil·laven al ritme de l'onatge. Inicialment aquesta cobertora blanca de l'oceà era força discontínua, però en mantenir el rumb cap a l'oest, es va anar fent més i més compacte, fins arribar a constituir un veritable mosaic compost per infinitat de fragments de gel de diferents formes i grandàries que recobrien tota la vasta superfície del mar. L'espectacle era impressionant. L'Atlàntic s'havia convertit en unes hores en un *craquelé* immens d'un blanc encegador, on el color blau fosc de les aigües marcava una línia trencada, laberíntica, d'irregular amplada, que separava uns blocs de gel dels altres.

La proa del *Lodairo* anava obrint-se camí, trencant sense massa esforç les plaques de gel, que inicialment no devien tenir més de vuitanta centímetres de gruix. El *Lagunak* seguia el seu deixant. La tripulació contemplava des de la coberta, en silenci, com el vaixell esventrava lentament aquella gran superfície blanca, immaculada. Hi havia una sensació de violació a l'ambient. El glaç i la neu s'esquerdaven, se separaven i fregaven amb un lleuger lament el casc del vaixell. Al seu pas, el *Lodairo* anava deixant al darrere una ferida oberta, d'un blau intens, que el *Lagunak* s'encarregava d'obrir encara més.

A en Guillem Massana per un moment li va semblar percebre el dolor de l'oceà en esquinçar-li aquella pell hivernal que el recobria amb el tallant de la proa. Hauria volgut poder evitar l'agressió i respectar un fenomen natural tan magnífic, poder gaudir-ne sense necessitat de malmetre'l, però era impossible. La moderna pugna entre l'home i la naturalesa es cobrava una nova víctima, certament insignificant en aquest cas: tan sols es tractava de la lleugera alteració d'un paisatge inusual, esplèndid, però no per això li deixava de doldre ser-ne un dels causants.

A mesura que avançaven, les plaques de glaç es van anar fent més gruixudes i la marxa del vaixell es va alentir. El paisatge es defensava. Les màquines van començar a treballar a tota potència per vèncer la resistència del gel, però tot i així l'avenç era cada vegada més lent. Es va crear una certa tensió al pont del *Lodairo*.

—Això s'està posant malament —va remugar el capità. I va prendre el telèfon per parlar amb màquines—. Com va per aquí baix?

—De moment bé, però no podrem mantenir molt temps els motors treballant a aquest ritme —va contestar el cap de màquines.

—D'acord.

El capità va penjar el telèfon i dirigint-se al patró de pesca va comentar:

—Hem de posar-nos en contacte amb els canadencs i saber l'extensió d'aquesta massa de gel. No ens podem arriscar a patir una avaria i quedar atrapats.

El capità va fer una pausa per mirar aquella superfície blanca que s'estenia fins a l'horitzó.

—Mai ens havíem trobat amb tant de gel —va observar en Mikel.

—Ha estat un hivern molt cru. Oi que el biòleg va dir que parlava bé l'anglès?

En Mikel va assentir a contracor. No havia encaixat gens bé la presència a bord d'un assessor científic i el mortificava que el capità hi confiès.

—Doncs digues-li que pugi al pont.

A través d'en Guillem Massana, el *Lodairo* es va posar en contacte amb la Comandància de Marina de St. John's, a Terranova, i van poder saber, després de donar la seva posició, que la massa de gel continu enmig de la qual es trobaven encara s'estenia més de quaranta milles al seu davant i que derivava molt lentament cap al sud. També els van informar que s'esperava una baixada considerable de les temperatures en les pròximes hores i que la mar empitjoraria. Totes aquestes notícies van decidir el capità a donar l'ordre de tornar cap a Saint-Pierre. No volia arriscar-se a quedar empresonat en el glaç o que alguna d'aquelles enormes plaques, en cas de mala mar, colpegés el vaixell i el posés en perill. Sabia que aquells blocs podien arribar a fer fins a tres metres de gruix i que dipositats sobre coberta per un violent cop de mar enfonsarien el vaixell en qüestió de minuts.

Després de comunicar l'ordre de tornar a port al *Lagunak*, els dos vaixells van maniobrar i van posar rumb a Saint-Pierre. Era clar que tenien el pas barrat i que no podien fer res més que esperar que la situació millorés.

La decisió del capità, encara que comprensible, no va deixar d'inquietar en Guillem, ja que significava demorar, no sabia per quant de temps, el fet de situar-se en el Flemish Cap i començar el seu rastreig. Segons els seus càlculs encara tenien un parell de setmanes de marge abans no s'iniciés la gran migració, però arribar al banc ja demanava un dia i mig de navegació i, a hores d'ara no sabia quant de temps haurien de restar a port fins que aquella barrera de gel desaparegués. Semblava com si la naturalesa disposés les coses per tal de mantenir ocults els seus enigmes. Ben mirat, la naturalesa i algú més, perquè el primer esdeveniment que va comprometre seriosament la seva recerca no va ser pas obra de la naturalesa, sinó dels homes. Però de quins homes i per què? Potser ara, en tornar a Saint-Pierre, tindria ocasió d'aclarir-ho.

UNA BONA AMISTAT

CAP a les vuit del vespre el *Lodairo* i el *Lagunak* estaven davant de les illes de Saint-Pierre i Miquelon. Complint-se el pronòstic, el temps havia canviat, ara nevava i la mar s'havia anat picant més i més. En aquestes males condicions atmosfèriques el capità dubtava que poguessin entrar a port. La visibilitat era mínima i l'onatge cada vegada més intens.

—Rafa, estigues atent al radar. No m'agradaria anar a parar als sorrals de Langlade a fer companyia a les foques.

Els sobtats canvis de temps, característics d'aquest sector de l'Atlàntic, havien convertit les illes de Saint-Pierre i Miquelon en un veritable cementiri marí. Només des de l'any 1800 fins llavors s'havien produït a les seves costes uns 700 naufragis, cosa que donava una mitjana de gairebé quatre naufragis anuals. En aquells moments aquesta dada sinistra pesava en l'ànim de les tripulacions dels dos vaixells que, neguitoses, vivien pendents del radar i dels senyals que poguessin rebre de la costa.

Sortosament, tan de sobte com s'hi havia posat, va parar de nevar. La mar continuava moguda, però almenys podrien veure els llums dels fars i les balises.

—Què farem? Entrarem a port? —va preguntar en Guillem al capità, que estava dret al seu costat.

—Si s'acaba d'obrir, ho podem provar.

El propòsit era arriscat. En qualsevol moment es podia posar a nevar de nou i reduir-se la visibilitat a pocs metres. Per altra banda, la mar estava massa agitada per maniobrar amb seguretat. Però el capità semblava tranquil i ningú al pont no va dir res. En Guillem va mirar la foscor i va pensar que navegar de nit, amb una mar brava i sabent-se a prop de la costa, era una de les sensacions més intenses que havia experimentat mai. Una certa inquietud els tenia a tots pendents de l'obscuritat. El silenci en el pont era absolut.

—Ja es veu —va murmurar el capità com per a ell mateix. I dirigint-se a en Guillem va continuar:— Mira. Veus aquella resplendor intermitent d'allà? És el far de Galantry. Hem d'anar-lo deixant a babord. Vira quinze graus al nord —li va dir al timoner.

La proa del vaixell, lentament, va anar desviant-se del far fins que va quedar a l'amura de babord.

—Ara el mantindrem en aquesta posició una estona i quan vegem la balisa de la Grande Basse, hem de posar rumb nord-oest fins a trobar l'altra balisa, la del Pas del nord-est. Aleshores hem de virar a babord fins a prendre rumb sud-oest, per enfilar l'entrada del port.

Ho va explicar com si s'estigués repassant la lliçó. Però no va caldre posar-li nota, perquè al cap d'una estona es va tornar a posar a nevar i van deixar de veure els esclats de llum del far.

—Merda de temps —va remugar el capità.

Totes les mirades s'esforçaven a veure més enllà

de la proa del vaixell, però era impossible. Els flocs de neu queien grossos, espessos, furiosos. El vent els estampava amb força contra els vidres de les finestres del pont i ben aviat no es va veure res.

—Rafa, què diu el radar?

—Som a unes tres milles de la costa. I torna a fer aquell pampallugueig estrany.

El capità va aproximar-se al radar.

—Només faltaria que ara ens fallés el radar. Se'l van venir a mirar, oi?

—Sí, però no li van saber veure res. Amb els tècnics davant va funcionar perfectament.

—Ja acostuma a passar amb aquest aparells electrònics. Sembla com si ho fessin expressament.

Mentre parlaven, la pantalla del radar va quedar en blanc per uns instants i tot seguit es va tornar a il·luminar.

—Veu? Ara ho ha fet.

—Sí. Creus que ens pot enganyar?

—No ho podria assegurar. Crec que no, que quan va bé, el que indica és correcte...

—Però si no ho és, ens la juguem. Així no podem navegar. Ens quedem aquí fins que pari de nevar.

I el capità va anar al radiotelèfon per parlar amb el *Lagunak*.

Després de sopar la situació seguia sent la mateixa. Neu i més neu. En Guillem va baixar a la seva cabina i es va estirar a la llitera. Quiet enmig del mar, el vaixell es movia com una boia.

I va ser com si el moviment li comencés a remoure records que volia oblidar. Records en els quals sempre hi havia alguna cosa de la Laura: la veu, la mirada, un sopar, el somriure, el rostre, una tardança, una platja, el seu cos, una pel·lícula, les mans, un viatge, la pols, el Marroc, el cabell, una tarda, una lectura, el ros vellut del seu pubis, una cançó, un aroma. Tot el que li venia al cap estava lligat a ella d'una o altra manera. Era lògic. Havien compartit tantes coses, tan ràpidament, en tan poc temps! S'havien implicat tant l'un amb l'altre, havia canviat tants hàbits per seguir-la, havia alterat tants horaris! Era increïble que tota aquella passió hagués quedat en no res en una setmana, en un altre viatge. Com es podia oblidar tan fàcilment? Com es podia substituir un home per un altre home amb tanta lleugeresa? Què havia succeït? Decepció, desencís, fascinació, desencert. Què importava? En realitat, què importaven les raons davant del dolor dels fets? Gens, no importaven gens. No calia dir-se res, ni donar-se cap explicació, tot estava dit en les accions. Replegar-se, resistir, oblidar, continuar, aquesta era la seva llista d'accions davant de les d'ella —allunyament, indiferència, ignorància, desamor—. Això l'havia conduït al vaixell, al mar, a Saint-Pierre. Cada dia que passava era un graó més en l'escala de l'oblit, es deia. Cert, però en moments com aquell tenia la sensació que encara li faltaven molts graons per pujar. I això el desesperava.

Com era de suposar, aquella nit en Guillem no va dormir gens.

A la matinada va parar de nevar i els dos vaixells van prosseguir cap al port. El cel va quedar increïblement transparent i la sortida del sol va ser un espectacle de meravella. En Guillem es va deixar endur per la grandiositat del moment i va comprendre que tots els seus amoïnaments eren circumstancials, petits avatars d'una vida que valia la pena ser viscuda en tota la seva intensitat. I malgrat no haver dormit en tota la nit, es va sentir tranquil i vigorós, capaç de domesticar la seva ment i conduir-la cap a pensaments i sensacions positius. Amb els ulls tancats va aspirar l'aire fred de l'oceà i va sentir, enmig d'una inexplicable sensació de plenitud, que acabava de guanyar una batalla més al sofriment.

Van entrar a port amb el pràctic, que els va portar a atracar al costat d'un vaixell coreà de casc negre i ronyós. Quan en Guillem el va veure, el va reconèixer immediatament. Era el vaixell que havia vist passar per davant de la punta del Diamant. Això el va posar alerta. Però el que encara el va inquietar més va ser que el moll era ple de gendarmes.

—Què ha passat? —va preguntar al pràctic.

—Aquests coreans, que sempre estan de brega. Els mariners es van declarar en vaga només arribar a port. En aquests vaixells viuen com les bèsties. Ja veieu com està per fora, doncs no vulgueu saber com està per dins. Hi ha rates com conills de grosses. No tenen dutxes i hi ha merda pertot arreu. Suposo que de tant en tant se n'atipen, d'estar com animals, i quan arriben a un port es declaren en vaga per restar-hi uns quants dies més. Però sembla que aquesta vegada s'ha complicat la cosa.

Des de la coberta del *Lodairo* en Guillem Massana mirava l'escena del moll. Per l'escala del vaixell coreà dos infermers baixaven una llitera ocupada per un mariner. Els gendarmes estaven repartits: uns prop de l'escala i altres formant un cordó que mantenia separats els curiosos de l'ambulància que hi havia estacionada al final de l'escala. A en Guillem li va semblar veure un rostre conegut entre els curiosos. Estava ocult darrere de la primera filera de gent; però quan per un instant el va poder veure bé, no li va quedar cap dubte que era en René. Des del primer moment va intuir que no era casual la presència d'aquell home al port, que hi havia una connexió entre el vaixell coreà i en René. I per tant, entre el vaixell coreà i el seu segrest. Procurant no deixar-se veure, en Guillem va observar atentament els moviments d'en René des de la borda del *Lodairo*. Els infermers van introduir la llitera a l'interior de l'ambulància, que va sortir fent sonar la sirena. La gent, després de seguir atenta la marxa de l'ambulància, va començar a desfer el grup. Va ser aleshores quan en René es va adonar de la presència del *Lodairo* al port. En Guillem va recular ràpidament. Va ser un gest instintiu, que tot seguit va jutjar com inútil, perquè era evident que aquell home pensaria que si el vaixell era allí, també hi era ell. Hauria volgut veure la seva reacció, quina cara hi posava, però no s'havia atrevit a topar-se amb la seva mirada. Què passaria ara? Estarien esperant que baixés? El seguirien i l'agafarien de nou? L'eliminarien? Davant d'aquestes possibilitats, havia de quedar-se al vaixell com un gat espantat? No, aquella era una actitud covarda, que no li agradava gens adoptar. Per altra banda, sentia una gran curiositat per esbrinar la raó de tots aquells esdeveniments. Estava convençut que tots —la seva presència a la punta del Diamant, el vaixell coreà i el segrest— tenien una relació. Però quina? Com ho podria arribar a saber? Què podia fer per saber alguna cosa més de tot aquell embolic? De sobte, va veure clar que el que calia fer era tornar al punt d'origen. Anar una altra vegada a la punta del Diamant i buscar alguna cosa que li pogués donar una pista de què estava passant a Saint-Pierre.

* * *

A primera hora de la tarda i després d'assabentar-se que l'incident del matí al vaixell coreà havia estat una baralla a ganivetades amb el resultat d'un mort i un ferit, en Guillem va baixar del *Lodairo* i es va dirigir a casa del metge espanyol. La visita tenia la doble finalitat de demanar-li disculpes per no haver tornat el cotxe i dir-li on s'havia quedat, i per exposar-li la seva necessitat de tornar a la punta del Diamant. El metge no hi era i el va rebre la seva dona, la Carlota, la qual es va estranyar de les disculpes d'en Guillem perquè tenien el cotxe des de l'endemà que li van deixar.

—El meu marit el va trobar aparcat a la sortida del dispensari —va aclarir la Carlota—. No li vas deixar tu?

En Guillem no sabia què contestar i es va inventar que li havien robat mentre badava contemplant el paisatge. La Carlota se'l va mirar estranyada.

—Quina cosa més rara. Ara, no en facis cas, perquè en aquest poble passen les coses més insospitades. Jo crec que estan tots una mica guillats. Això de viure en una illa tan petita, trastoca a qualsevol.

Després de fer un breu silenci, la Carlota va afegir:

—Doncs, els graciosos que te'l van robar devien saber que el cotxe era nostre, perquè no crec que fos casual que el deixessin davant del dispensari.

Precisament en Guillem havia estat pensant en això mateix, però en uns altres termes: els qui l'havien segrestat sabien que el cotxe que conduïa era del metge espanyol. Aquesta era una dada prou significativa com per no oblidar-la.

Després d'una breu conversa, en Guillem va manifestar el seu desig de tornar a la punta del Diamant per acabar d'examinar unes roques que considerava força interessants. La Carlota va rebre el propòsit amb entusiasme i es va oferir a acompanyar-lo amb el cotxe. No és que no li volgués deixar, va aclarir amb un somriure, és que no tenia res millor a fer.

Durant el trajecte la Carlota va estar explicant la seva vida a l'illa i com li costava adaptar-se a aquella tranquil·litat. Al principi va pensar que seria meravellós viure en aquell racó de món, lluny del neguit propi d'una gran ciutat. Ella era de Madrid i allí havia conegut el seu marit mentre estudiava medicina. La destinació a Saint-Pierre els havia arribat tres anys després de casar-se i l'havien agafada il·lusionats. Fins aleshores vivien del que ell es treia fent guàrdies i substitucions en hospitals i ambulatoris de la Seguretat Social, i de les col·laboracions d'ella com a il·lustradora. La destinació a Saint-Pierre els havia semblat la possibilitat d'assolir una certa estabilitat: ell amb una plaça fixa de metge i ella dedicant-se a pintar. Però ben aviat va començar a sentir que viure en un espai tan reduït, amb unes relacions tan limitades, sense ningú amb qui poder parlar de les coses que l'interessaven, l'angoixava. El seu marit, potser perquè havia nascut en un poble petit de Galícia, on havia viscut fins que es va traslladar a Madrid per estudiar medicina, s'havia adaptat perfectament a la vida de l'illa. La feina, les relacions rutinàries —inclosa la d'ells dos— i el televisor eren tot el seu món, del qual semblava prou satisfet. Però ella no podia, s'asfixiava en aquell ambient tan tancat, no tenia estímuls i s'adonava que sense estímuls no podia viure. Què podia fer?

Tota aquella confessió en tan poc de temps va deixar en Guillem perplex. I per rematar-ho, li demanava consell. Li va semblar que aquella noia estava sotmesa a una gran tensió interior i que d'alguna manera havia d'alliberar-la. Ara, com ho havia de fer ja era una qüestió més delicada a la qual ell no hi podia aportar gaire llum. I el seu marit? Que no s'adonava de la situació? Que no l'ajudava?

—No, no se n'adona. I si se n'adona, actua com si no ho fes. No diu res, no planteja res... I la nostra relació cada vegada és més dolenta. Hi ha dies que no el suporto, i ell ho ha de notar per força, però es posa davant del televisor i ja pot tronar que no s'immuta.

—Però tu no li has plantejat com et sents?

—Al principi ho vaig intentar, però em va dir que era una depressió i em va voler donar pastilles. I jo li vaig dir que res de pastilles, que el que calia fer era mirar per què estava així. I aleshores em va dir que ell ho tenia clar, per què estava així, que era una persona immadura, que no sabia adaptar-me a les circumstàncies que em tocava viure, que somiava massa, que tot era molt més senzill del que jo ho feia, que no calia buscar la volta a les coses, que viure era un exercici de renúncia i fins que no aprengués a renunciar no estaria tranquil·la. A mi tot això em va fer més mal que bé. Jo no puc renunciar, no vull renunciar! Tu creus que als trenta anys, perquè tinc trenta anys, els vaig fer el mes passat, s'ha de renunciar a les coses que t'han alimentat fins ara? És una barbaritat. Jo no podria viure sense pintar i pensar que el que estic fent és un acte de creació que algun dia pot esdevenir valuós. No puc viure sense comunicar-me amb ningú, perquè és vital per a mi comunicar-me, explicar, escoltar, entendre, veure models diferents de vida i, a través d'ells, comprendre la meva. Tu ho entens, el que t'estic dient?

En Guillem va mirar la Carlota i va somriure.

—És clar que ho entenc. No és gaire difícil d'entendre.

—Gràcies a Déu que hi ha algú que ho entén! De vegades penso que té raó i que estic mig boja. Em sento tan sola a Saint-Pierre! Va arribar un moment que ja no li vaig dir res més a en Tomàs i ell tampoc a mi. Tan sols quan em veu molt desesperada em suggereix que me'n vagi una temporada a Madrid.

—I per què no ho fas?

—Perquè sé que si surto d'aquí ja no hi tornaré, que si marxo no serà tan sols de Saint-Pierre, sinó també d'ell.

Després de dir això, es va fer un llarg silenci entre tots dos. En Guillem estava sorprès. En poc més d'un quart d'hora, la Carlota l'havia convertit en el seu confident més íntim. Era com si dos vells amics es retrobessin després d'un temps de no veure's i es posessin al corrent de la seva situació actual. Era evident que ella tenia una gran necessitat d'explicar què li passava, el que més el sorprenia era que ell se sentia còmode en aquell paper que la Carlota li havia assignat. Li agradava sentir-se proper a aquella dona inquieta i sensible, que li estava obrint la seva vida sense demanar-li res a canvi; només que l'escoltés. No obstant, hi havia una cosa en la situació que el començava a incomodar, i era que ell no podia correspondre a la sinceritat d'ella. Des que s'havien conegut, l'estava enganyant. Sabia que el seu engany era obligat, responia a unes circumstàncies determinades i no a la seva voluntat, però el resultat era el mateix, se sentia en fals. Si ella fos més trivial no tindria tants escrúpols... Però precisament la Carlota li interessava perquè no n'era, de trivial. De sobte, en Guillem va decidir fer el mateix que havia fet ella amb ell; és a dir, convertir-la en confident. En el seu cas, però, d'una manera conscient i premeditada, ja que li aniria bé comptar amb algú de l'illa per ajudar-lo a esbrinar què estava passant. I durant la resta del trajecte, en Guillem va explicar a la Carlota tot el que li havia succeït d'ençà que era a Saint-Pierre.

EL cel s'havia cobert i bufava un vent gelat força molest. En Guillem i la Carlota van deixar el Nissan Patrol al final de la carretera, amagat darrere una casa abandonada que hi havia en aquell paratge remot. Era una precaució insignificant, però que podia evitar que fossin descoberts si algú s'apropava fins allí. Abans d'emprendre el camí que duia cap a la punta del Diamant, van contemplar la superfície glaçada de l'estany de Savoyard.

—Està perfecte per venir-hi a patinar —va observar la Carlota.

—T'agrada patinar sobre gel?

—Sí, es una de les poques coses que es poden fer aquí. A Saint-Pierre hi ha una pista coberta, però sempre és plena de criatures. Jo prefereixo agafar els patins i anar als estanys, lluny de crits i corredisses. És una sensació meravellosa patinar en silenci per damunt d'aquestes grans superfícies de glaç i sentir només els xisclets de les gavines i el frec de les fulles d'acer dels patins.

—Però no és perillós?

—No, en aquesta època de l'any el gruix de gel dels estanys ben bé és de quaranta centímetres.

En Guillem i la Carlota van començar a caminar. Ben aviat el sender que seguien es va perdre entre el rocam pelat i abrupte d'aquell extrem de l'illa. Caminaven en silenci, pendents de les dificultats del terreny que trepitjaven. Després de travessar un petit estanyol glaçat, van arribar a la platja de còdols on en Guillem havia vist els dos d'homes esperant la llanxa.

—Saps què hem de buscar? —va preguntar la Carlota.

—No, no ho sé. Qualsevol cosa que ens pugui donar un indici de què feien aquí aquells homes.

En Guillem va mirar al seu voltant. La petita platja on eren estava limitada per contraforts rocallosos de poca alçada que s'avançaven cap al mar.

—Serà millor que ens separem —va suggerir en Guillem—. Tu mira aquest tros de platja fins a aquelles roques d'allí i jo faré el mateix fins allà baix. Si trobes alguna cosa, crida'm.

Ben bé feia mitja hora que s'havien separat, quan a en Guillem li va semblar sentir la veu de la Carlota. Va deixar d'escorcollar el rocam per tornar cap a la platja. Quan el va veure, la Carlota se li va apropar corrent. Estava excitada i per l'expressió triomfant que duia segurament havia descobert alguna cosa.

—Que no em senties? Fa estona que t'estic cridant. He trobat una llanxa.

Plegats es van dirigir cap a les roques que tancaven la platja pel nord. En un petit entrant de mar, força protegit de l'onatge per un parell d'illots, hi havia una llanxa amarrada a una mica de moll fet de pedra i ciment. L'embarcació estava dotada de dos potents motors fora borda de 1.750 cc cadascun.

—Caram! Amb això es poden fer carreres de motonàutica —va observar en Guillem—. Vaig a mirar si hi trobo alguna cosa.

—No em fa gens de gràcia que ens entretinguem aquí. I si ve algú?

—No ho crec, però per si de cas, vés a aquella roca i vigila —va dir en Guillem a la Carlota.

Mentre la Carlota s'enfilava capa la roca, en Guillem va obrir el protector de lona que cobria la banyera de la llanxa i va pujar-hi. Després d'examinar el terra i el seients sense trobar res, va obrir els departaments que hi havia al tauler de controls, al costat del volant. En un d'ells, entre uns quants guants humits, hi va trobar una revista pornogràfica rebregada. Abans que pogués examinar-la, una pedra va rebotar en el casc de l'embarcació. En Guillem va buscar la Carlota amb la mirada i la va veure ajupida i fent-li signes per indicar-li que sortís de l'embarcació. En Guillem, ràpidament va pujar al moll i va cobrir la llanxa amb el protector. Quan va acabar, la Carlota ja era al seu costat, molt agitada.

—Vénen dos homes! Són molt a prop. No tenim temps de fugir!

—Bé, tranquil·litza't. Ens amagarem.

I en Guillem va agafar la mà de la Carlota i la va estirar cap a l'altre cantó de l'entrant de mar. Van travessar els deu metres que els separaven de les roques amb l'aigua fins a la cintura i van començar a grimpar. Malgrat haver estat pocs segons dins l'aigua, la gelor els havia garrotat els muscles i pujaven amb dificultat. Aquella curta ascensió se'ls va fer eterna. Tenien les cames i els peus mig adormits pel fred i els movien amb torpor. Quan van arribar a dalt es van amagar al darrere de la roca més sobresortint. La Carlota estava espantada.

—Primer he sentit les veus i després els he vist moure's entre les roques, res, a cent metres.

—T'han vist?

—No ho sé. Quan els he vist m'he ajupit de seguida.

—Bé, doncs, ara ho sabrem.

—Què vols dir?

—Doncs, que si es posen a buscar-nos és que t'han vist i, aleshores, no tenim res a fer.

En Guillem i la Carlota van romandre arrupits darrere la roca una bona estona. Per sort, els dos homes no els havien vist. Van sentir com obrien el protector de la llanxa i hi traginaven. Per les veus que els arribaven entre l'onatge, havien anat a reposar combustible. Van omplir els dipòsits, van engegar els motors i, després, van tornar-se'n per on havien vingut.

En Guillem i la Carlota, tot i el fred que sentien després de la mullena, van esperar-se a sortir fins a tenir la completa seguretat que estaven sols una altra vegada.

En Guillem va ser el primer a treure el cap.

—No hi ha ningú.

Tots dos es van incorporar. Tremolaven i tenien els llavis morats de fred.

—Ens hem de treure aquesta roba de seguida o agafarem una pulmonia, si no l'hem agafada ja —va dir la Carlota.

I sense esperar resposta, es va posar a caminar cap on havien deixat el Nissan. A mesura que s'hi apropaven, va anar prenent forma un altre temor. I si havien descobert el cotxe i els esperaven? Davant d'això, van decidir que la Carlota s'avancés. D'ella, no en sospitarien, almenys no tenien cap raó per fer-ho. A més, sempre els podia dir que havia anat a passejar i que no tenia per què donar explicacions a ningú de les seves passejades. Agafaria el cotxe i se n'aniria. Ells, com que ja no tindrien cap raó per restar allí, també marxarien. I aleshores, la noia tornaria a recollir-lo. Era una bona pensada, però no va ser necessari posar-la en pràctica. Quan la Carlota va arribar a la casa abandonada, no hi va trobar ningú. Va entrar al cotxe i va fer sonar el clàxon. Era el senyal per a en Guillem que no hi havia perill.

Un cop dins del cotxe i amb la calefacció en marxa, van treure's la roba molla i es van eixugar amb una manta. Va ser aleshores que va caure a terra la revista pornogràfica que en Guillem havia agafat precipitadament de la llanxa i havia amagat sota l'anorac.

—Vaja, no em pensava que tinguessis aquestes aficions —va observar, burleta, la Carlota.

En Guillem va somriure i va recollir la revista.

—No és el que et penses.

—Ja. Tots dieu el mateix quan us enxampen. Quina excusa tens, tu?

—Doncs que la vull mirar per si em dóna alguna pista.

Mentre parlaven, en Guillem havia anat fullejant la revista i havia comprovat que estava escrita en dues llengües, en anglès i en un idioma oriental que podia ser xinès, japonès... o coreà!

—Hòstia! —va exclamar precisament quan davant tenia la fotografia d'una rossa molt ben dotada.

—Caram! Sí que t'excita.

—És coreana!

—Vols dir? Més aviat fa pinta de sueca.

—La dona, no, caram, la revista és coreana!

—I què?

—No te n'adones? És el nexe que relaciona clarament la llanxa amb el vaixell coreà. És molt probable que el dia que vaig estar a la punta del Diamant la llanxa vingués del vaixell coreà. Això era el que els amoïnava, que hagués pogut ser testimoni de la maniobra. Per això em van agafar. Per això em van interrogar. Estic segur que aquesta gent fa contraban. A més, t'has fixat en els motors que porten? No són per sortir a pescar o fer esquí aquàtic. Són per sortir volant en cas de perill. A Galícia els contrabandistes fan el mateix. Només oloren al guardacostes, a volar!

Era prop de la una del migdia. El cel s'havia tornat a obrir i el sol, un sol oblic, d'hivern septentrional, donava un toc càlid al paisatge nevat. Un cop secs i amb la calefacció del cotxe al màxim, en Guillem i la Carlota anaven entrant en calor. Circulaven a poc a poc per la carretera que duia a Saint-Pierre, quan, de sobte, en Guillem va fer un senyal a la Carlota.

—Para! Em sembla que és aquí on el Toyota em va barrar el pas.

Es van aturar. En Guillem va mirar atentament el lloc sense baixar del cotxe.

—Sí, n'estic segur.

—I cap a on et van dur?

—No ho sé. Estava inconscient. Vaig recuperar els sentits quan ja era dins la casa.

—I no recordes res de particular de la casa?

—No. De fet, només sortia de l'habitació per anar al lavabo, que era al davant. I quan em van treure per conduir-me al moll, em van tapar els ulls.

—Però deuries mirar per les finestres. Què hi veies?

—No. L'habitació on era no tenia finestres.

—I el lavabo?

—Sí, el lavabo sí... I ara que ho dius, recordo que els porticons em van cridar l'atenció perquè eren fets amb fustes aprofitades de caixes.

—De caixes?

—Sí. I és més, de caixes de whisky.

En sentir això la Carlota va obrir molt els ulls, sorpresa.

—Què dius ara!

En Guillem la va mirar, estranyat.

—Què passa?

—Doncs que em sembla que ja sé on et van dur.

* * *

Eren dos quarts de quatre de la tarda i aviat començaria a fosquejar. A l'hivern, en aquelles latituds, a les cinc ja era totalment fosc. Així és que en Guillem i la Carlota, després de posar-se roba seca i menjar una mica, van sortir a corre-cuita de casa de la noia amb la idea d'anar a on creia que havien tancat en Guillem.

Per què havia tingut aquella il·luminació, la Carlota? Durant l'època de la prohibició havia estat un fet corrent que la fusta de les caixes de licor, sobretot de whisky, s'utilitzés com a material per a la construcció. Era fusta bona, dels boscos escocesos o canadencs, amb unes dimensions que permetien perfectament utilitzar-la per al revestiment de les parets de les cases. Després les pintaven per fora i les empaperaven per dins i ningú no sabia que les havien fet de retalls. Ara, però, d'aquelles cases només en quedava una, coneguda a Saint-Pierre com la «White Horse» perquè s'havia utilitzat exclusivament la fusta de les caixes d'aquesta marca de whisky escocès per revestir-la. A l'actualitat la casa era propietat de l'Étienne Robert, que l'havia comprat i l'havia fet restaurar tal i com va ser construïda. Per això, quan en Guillem va parlar d'uns porticons fets amb fusta de caixes de whisky, la Carlota immediatament va pensar en la «White Horse».

—El que m'estranya és el que m'has dit dels porticons —va apuntar la noia mentre conduïa cap a la casa—. A Saint-Pierre les cases no tenen ni finestrons ni porticons. Aquí no hi ha necessitat de protegir-se del sol, al contrari, es procura que el poc que hi ha entri a les cases. A més, jo he vist la casa aquesta i no la recordo amb porticons.

—Doncs et puc assegurar que ara n'hi ha, almenys, a la finestra del lavabo.

Van aturar-se abans d'arribar a la casa i van fer els últims cinc-cents metres a peu. No volien córrer el risc que hi hagués algú i el soroll del cotxe els advertís de la seva presència. Però no, no hi havia ningú i van poder acostar-s'hi sense por. Van donar-hi la volta i van comprovar que totes les finestres de la planta baixa tenien porticons, en aquells moments tancats, i que, en efecte, eren fets amb la fusta de les caixes de whisky «White Horse».

—Creus que és aquesta la casa on et van dur? —va preguntar la Carlota.

—Podria ser, encara que no n'estic del tot segur. Si més no, la qüestió dels porticons hi lliga.

La Carlota va mirar novament la casa.

—És com si volguessin amagar alguna cosa.

—No m'estranyaria gens que la fessin servir de magatzem dels productes que entren de contraban.

—Però contraban de què? És absurd fer contraban en una illa tan petita com aquesta. Quants clients poden tenir? I a més, ben aviat se sabria, aquí se sap tot de seguida. I de l'Étienne Robert m'estranya tant!

—Doncs tots els indicis apunten en aquesta direcció. Poden entrar un tipus de producte que després enviïn cap a algun altre lloc, com passava amb l'alcohol.

—Però de Corea? Què poden portar de Corea?

—No ho sé. Però segurament dins d'aquesta casa hi ha la resposta. Què et sembla si intentem entrar-hi?

—Una bogeria, i per avui ja n'hem fetes prou, de bogeries.

En Guillem va somriure.

—Entesos, doncs deixem-ho estar... Però et proposo una altra cosa.

—Quina? —va preguntar la Carlota amb una certa malfiança.

—Que aquest vespre anem a veure el teu amic Étienne Robert com aquell qui no sap res i mirem de treure-li alguna cosa.

La Carlota va dubtar un moment abans d'acceptar la proposta d'en Guillem i, tot seguit, van tornar cap al Nissan.

Durant tot el trajecte de tornada a Saint-Pierre en Guillem va mantenir els ulls tancats per tal de veure si podia associar els sons que ara es produïen amb els del recorregut que havia fet quan els segrestadors el conduïen cap al port. Quan van arribar a la població gairebé estava segur que era a la «White Horse» on havia passat aquells dos dies.

ACABAVEN d'entrar a casa de la Carlota, quan va sonar el telèfon. Qui trucava era el seu marit per dir-li que arribaria tard, que estava retingut a l'hospital juntament amb la resta de personal perquè havien matat el coreà que havia ingressat ferit al matí.

—Com, que l'han matat?

—Sí, tal com ho sents. Algú ha entrat a l'hospital aquesta tarda, ha anat a l'habitació i l'ha ofegat amb el coixí. La infermera se n'ha adonat quan ha entrat per canviar-li el sèrum. Ara la policia és aquí i està interrogant a tothom.

En Guillem, que s'havia posat al costat del telèfon per indicació de la Carlota, va sentir també el doctor Teixeiro.

—Digue-li que miri d'esbrinar el màxim de coses possibles —va xiuxiuejar a la noia.

Quan la Carlota va penjar el telèfon, havia empal·lidit.

—Creus que hi ha relació entre aquesta mort i el contraban?

—Sí, crec que sí. I és més, això vol dir que no es tracta d'una cosa insignificant, que no entren càmeres de fotografiar o radiocassets, per entendre'ns, sinó que es tracta d'alguna cosa més compromesa, capaç de justificar fins i tot l'assassinat.

Al vespre, desprès d'haver sopat una mica, en Guillem i la Carlota van sortir per anar a l'Hotel Robert. En aquella hora el bar de l'hotel era gairebé ple. En Guillem i la Carlota van asseure's en l'única taula que quedava buida, en un extrem de la sala. Quan va venir el cambrer per demanar què volien, la Carlota li va dir que avisés *monsieur* Robert. A la Carlota li costava creure's que l'Étienne Robert tingués alguna cosa a veure amb tot allò, però el fet que en Guillem hagués estat retingut a la «White Horse» era una evidència prou comprometedora. Cap dels dos sabia massa bé que en sortiria d'aquella conversa, segurament res prou clar com per allunyar o confirmar sospites, però en el punt on es trobaven, qualsevol pas era un pas endavant.

L'Étienne Robert no aparentava els setanta-vuit anys que tenia. De cos magre, però fort encara, es movia amb desimboltura i seguretat. S'apropà a la taula lluint un somriure cordial i una mirada plena de malícia. Però en veure que la Carlota no era sola, adoptà una expressió més reservada. Aquest canvi d'actitud a causa de la seva presència no va passar inadvertit a en Guillem. Al principi la conversa es va moure dins de la més estricta convenció: salutacions, presentacions, interès per la salut de cadascú i dels familiars més propers, pel treball, etcètera, etcètera. Va ser la Carlota qui, en un moment donat, va conduir subtilment la conversa cap a on els interessava.

—Per cert, avui he passat a veure la «White Horse». Li he volgut ensenyar l'únic vestigi que queda de l'època de la prohibició. Oi que abans no hi havia porticons a la planta baixa?

L'Étienne Robert va arrugar el front. En Guillem no li treia la mirada del damunt.

—No, els he fet posar fa uns mesos. La casa està molt aïllada i no hi vaig mai... És una manera d'evitar males temptacions.

—Què voleu dir? Què us podrien entrar a robar? Però si des que jo sóc aquí no hi ha hagut cap robatori, a l'illa.

—Mira..., manies de vell —va respondre l'Étienne Robert insinuant un somriure i donant per acabada la conversa.

—No m'ho crec —va llançar la Carlota.

L'Étienne Robert, que havia iniciat l'acció d'aixecar-se de la taula, es va aturar i va clavar la mirada en la noia.

—Ah, no? I es pot saber per què?

Hi havia quelcom de desafiant en les paraules del propietari de l'hotel que a en Guillem no li va passar per alt.

—Perquè no us faig un vell dels que tenen manies —va dir la Carlota afalagadora. — Això és alguna cosa que ens voleu amagar. Alguna picardia que voleu mantenir en secret. Què creieu, que no conec la vostra fama de seductor?

En veure el gir que prenien les insinuacions de la Calota, l'Étienne Robert va distendre el rostre i va somriure àmpliament.

—No em creia que fossis tan mal pensada, noia.

—Sí, sí. Pensa malament i no t'equivocaràs.

Aleshores va intervenir en Guillem.

—Ja sabeu això de l'assassinat d'un coreà a l'hospital aquesta tarda?

L'Étienne Robert va quedar dubtant per uns moments. La pregunta d'en Guillem l'havia sorprès per inesperada i aparentment fora de lloc. A més, fins aleshores el xicot s'havia mantingut pràcticament en silenci. Com és que ara es despenjava amb aquella pregunta tan estranya?

—No, no en sé res. Què ha passat?

Va ser la Carlota qui va continuar.

—Doncs que han entrat a l'hospital i han matat un coreà que havia ingressat aquest matí apunyalat.

—Caram! I com l'han mort?

En Guillem es va anticipar a la Carlota.

—Li han injectat una substància a la sang.

La Carlota va mirar sorpresa en Guillem, però no va dir res.

—Aquests coreans són un cas. Cada vegada que venen a Saint-Pierre en fan alguna —va dir l'Étienne Robert sense donar més importància a la cosa—. Ara, que aquesta vegada potser n'han fet un gra massa, no ho trobeu? De totes maneres, mentre es matin entre ells...

—No crec que sigui una cosa únicament entre coreans —va dir en Guillem mirant fixament l'amo de l'hotel.

—Ah, no? —va fer aquest, aguantant la mirada del noi.

—En tot això hi ha alguna cosa més que rancúnies entre mariners.

—Sí? I què creus que pot ser?

—Contraban.

A la taula es va fer un silenci profund. La Carlota es va quedar glaçada quan va sentir l'afirmació d'en Guillem. Va ser l'Étienne Robert qui va reprendre la conversa.

—I en què et bases per dir això?

—Tinc les meves raons que, sentint-ho molt, no us les puc dir.

L'Étienne Robert va quedar uns segons pensatiu. Tot seguit es va aixecar de la taula.

—Bé. Perdoneu, però us he de deixar. Tinc coses a fer abans d'anar a dormir. Ha estat una conversa molt interessant. —I dirigint-se a en Guillem, va preguntar—: Hi seràs molts dies, a Saint-Pierre?

—Depèn del que triguin a baixar els gels. Dos, tres dies, potser quatre.

—Doncs potser ens tornem a veure abans que marxis.

En aquestes darreres paraules en Guillem va creure advertir una amenaça velada. O potser eren suposicions seves?

Quan van quedar sols, la Carlota va explotar.

—Però que t'has tornat boig? Només et faltava afegir que ell era el contrabandista. I la història de la injecció? Ja m'explicaràs per què li has col·locat?

—Volia veure quina cara posava, si se n'adonava que li estava mentint. He volgut provar com resultava l'argúcia d'intentar arrencar una veritat amb una mentida. Però no ha sortit bé: o és molt bon actor o, efectivament, encara no sap com han matat el coreà.

—Però quan ho sàpiga s'adonarà que li hem mentit, i aleshores què?

—Doncs si no té res a veure amb tot això del contraban, pensarà que tens un amic molt mal informat, però si hi està involucrat, tal com crec que ho està, sabrà que, a més d'haver descobert tot l'assumpte, sospitem d'ell. I això el farà actuar i delatar-se.

—O que acabem tu i jo al fons del mar amb un tret al cap.

Quan van anar a pagar, el cambrer els va dir que estaven convidats per la casa. Tot un detall de *monsieur* Robert.

A fora nevava i van decidir anar a casa de la Carlota per veure si havia arribat el seu marit i els podia dir alguna cosa de la mort del coreà.

El doctor Teixeiro acabava d'arribar. Feia cara de cansat i no li va fer cap gràcia veure entrar la Carlota i en Guillem junts a aquelles hores.

—D'on veniu?

—Hem anat a l'Hotel Robert.

—Darrerament hi ets tot sovint, a l'Hotel Robert. Potser que me n'hi vagi directament en lloc de venir a casa si et vull veure.

El doctor Teixeiro estava de mal humor. La Carlota va fer com si no ho sentís.

—Has sabut alguna cosa més de la mort del coreà?

—Res de particular. La policia no té ni idea de qui el pot haver matat. Ningú no ha vist res d'estrany aquesta tarda a l'hospital. I com qualsevol pot entrar-hi i sortir-hi sense cap control, ves a saber...

—I no es té una idea de per què l'han mort? —va preguntar en Guillem.

—No és clar, però la policia creu que podria ser per una qüestió de drogues. Sembla que aquell tipus es drogava. En escorcollar-li la roba han trobat uns quants mil·ligrams d'uns cristalls transparents que ningú sabia què eren. La policia ens ha demanat d'analitzar-los i ha resultat ser una amfetamina molt pura.

En Guillem es va quedar pensatiu. Droga, aquesta podia ser la resposta. Possiblement estava davant d'una banda de traficants de droga i no de simples contrabandistes. Això complicava les coses. El risc que corrien i els diners que movien els convertien en gent capaç de tot per tal de mantenir ocultes les seves activitats. Si era així, la Carlota i ell estaven en una situació més perillosa que no es pensava. Ara li sabia greu haver involucrat la noia en tot allò. En convertir-la en la seva confident, sense voler l'havia embolicat en un assumpte molt més tèrbol que no s'havia imaginat. Aquells delinqüents no dubtarien a acabar amb ells, tal com havien fet amb el coreà, si arribaven al convenciment que sabien més del que els convenia. Ara ho entenia tot. Sense saber-ho havia estat testimoni del desembarcament d'una partida de droga. Vet aquí el segrest, vet aquí les amenaces, vet aquí per què no volien que digués res a ningú. Però empès per la seva curiositat, havia arribat a un punt que tant ell com la Carlota sabien massa coses, i si l'Étienne Robert estava complicat en el negoci, els traficants també ho sabien, que sabien massa. Que intentessin eliminar-los tan sols era qüestió de temps. Havia de trobar una sortida, i una sortida que no podia consistir a fugir de Saint-Pierre, perquè la Carlota s'hi quedava.

—Bé, jo me n'aniré cap al vaixell —va dir finalment en Guillem després d'un llarg silenci. I dirigint-se a la Carlota, va afegir:

—M'acompanyes amb el cotxe? Està nevant i hauria de parlar un moment amb tu.

El doctor Teixeiro se'ls va mirar, però va continuar menjant-se la truita que s'havia fet per sopar. La noia estava pàl·lida. Segurament, havia anat donant voltes al que acabava de dir el seu marit i havia arribat a unes conclusions semblants a les d'en Guillem.

—Bé, ara torno, Tomàs.

—D'acord i quan tornis a veure si em pots explicar quina història us dueu vosaltres dos.

La Carlota va pensar que era el moment més inoportú perquè el seu marit es posés gelós. Només li faltava això.

La neu continuava caient amb intensitat i els carrers lluïen una catifa blanca, immaculada, com acabada d'estendre. No es veia ningú circulant; era massa tard i feia massa fred. La claror pàl·lida dels fanals donava un aire inquietant als carrers buits. En canvi, les finestres il·luminades de les cases resultaven acollidores en la foscor silenciosa de la nit. El Nissan Patrol de la Carlota circulava lentament, fent cruixir la neu que trepitjava.

—Què em vols dir? —va preguntar la Carlota després d'un llarg silenci.

—Doncs que el que tenim al davant és un assumpte de tràfic de drogues i no de simple contraban.

—Sí, jo també ho he pensat.

—Si l'Étienne Robert hi té alguna cosa a veure estem en una situació força delicada i no sé què fer. Potser el més prudent seria anar a la policia i explicar-ho tot. Tu em podries acompanyar per confirmar la meva història.

—Sí. Jo també crec que és millor.

Van seguir en silenci fins arribar al costat del *Lodairo*. El vaixell tenia els llums blancs de fondeig encesos. Abans de baixar del cotxe en Guillem va quedar amb la Carlota que la passaria a buscar l'endemà al matí per anar a la gendarmeria.

—No et voldria alarmar, però vigila —va afegir en acomiadar-se. I li va estrènyer la mà en un gest que volia mostrar el seu afecte i el seu agraïment per fer-li costat en tot aquell embolic. La Carlota se li va apropar i li va fer un breu petó als llavis.

—No t'amoïnis.

El Nissan es va allunyar i en Guillem es va dirigir cap a la passarel·la del *Lodairo*. Mentre pujava, pensava en el petó de la Carlota. Què li hauria volgut dir amb aquella carícia fugaç? Bé, seria millor que ara no comencés a donar-hi voltes. Ja en tenia prou, de maldecaps.

En Guillem va entrar al pont i va saludar el mariner de guàrdia.

—Ens pensàvem que t'havies tornat a quedar enganxat als llençols de la franceseta. El capità et vol veure.

En Guillem va baixar a la cabina del capità. L'home encara estava despert i el va fer passar. Semblava més enutjat que l'altra vegada.

—Avui no has aparegut en tot el dia pel vaixell i això no pot ser. Saps que tan aviat com sapiguem que la nostra ruta ha quedat lliure de gels, salparem. I això es pot produir en qualsevol moment.

El capità va callar esperant una disculpa que no es va produir. Llavors va continuar:

—No sé què et passa. No ho entenc, la veritat. Tu hauries de ser el més interessat per sortir cap al Flemish Cap tan aviat com fos possible i, en canvi, sembla que tant se te'n doni. Desapareixes un dia sencer sense donar cap explicació. Estàs jugant amb la teva feina i amb la nostra. Ho saps, oi? La veritat, no et feia tan irresponsable. I tot per unes faldilles!

—No, no és per unes faldilles —va dir en Guillem, que ja no veia la necessitat de continuar mantenint enganyat el capità si l'endemà anava a la policia.

El capità se'l va quedar mirant, sorprès.

—Ah, no? I doncs?

—Tinc un problema greu.

I a continuació en Guillem li va explicar tot el que li havia succeït des del moment del segrest i el que havia descobert. Quan va acabar, el capità se'l mirava amb una certa incredulitat. Aquella història semblava de telefilm americà.

—Caram! I n'estàs segur?

—Tot lliga.

Tots dos es van mantenir silenciosos uns moments. El capità, aclaparat per tot el que acabava de sentir; en Guillem, en canvi, assaboria l'alliberament del secret compartit. S'havia tret un pes de sobre i se sentia més tranquil.

—Crec que hauries d'explicar tot això a la policia. Enxampar traficants de drogues no és feina teva.

—Sí. He quedat per anar-hi demà.

ON ÉS LA CARLOTA?

EN Guillem estava tan excitat per tot el que els havia succeït aquell dia que no podia adormir-se. Des que havien descobert la llanxa a la punta del Diamant tot s'havia anat complicant més i més. I per rematar-ho, només faltava el convenciment a què havia arribat feia un parell d'hores que estaven a mans d'una banda de traficants de droga. Mentalment va repassar els esdeveniments des del principi per tal de veure com els exposaria a la policia perquè resultessin tan convincents com fos possible. Començaria pel segrest, el descobriment de la llanxa... No, seria millor que comencés parlant del seu primer passeig fins a la punta del Diamant, on va ser l'involuntari testimoni de l'arribada d'una partida de droga a Saint-Pierre. Desprès continuaria amb el segrest i les intimidacions, el retorn a Saint-Pierre, la localització d'en René quan desembarcaven el coreà ferit, el descobriment de la llanxa —en aquest punt els lliuraria la revista pornogràfica com a prova—, la identificació de la casa on havia estat tancat com la «White Horse», les sospites respecte de l'Étienne Robert, l'assassinat del coreà a l'hospital i l'estranya droga que li havien trobat al damunt. En arribar en aquest punt, en Guillem va pensar sobtadament en Valentí Bassols, un amic seu, periodista, que s'havia especialitzat en qüestions de narcotràfic. Si pogués parlar-hi, potser li podria dir alguna cosa que l'ajudés a confirmar la seva hipòtesi. Per exemple, si Corea estava dins d'alguna de les rutes tradicionals del narcotràfic, o quin tipus de droga podia ser la que havien trobat al coreà. Sí, hi parlaria; fins i tot, miraria de parlar-hi abans d'anar a veure la policia. Com més informació donés per fonamentar la seva història, més possibilitats tindria que la policia se'l prengués seriosament i, per tant, més protecció trobarien. Havia de ser convincent si volia que la policia actués amb rapidesa contra la banda de traficants. Aquesta era l'única manera que veia d'escapar del perill en què es trobaven la Carlota i ell.

En Guillem va mirar l'hora que era. Les dues de la matinada. A Barcelona eren les sis del matí. Una bona hora per trucar a en Valentí Bassols. En Guillem va saltar de la llitera i va pujar al pont. Va trigar ben bé mitja hora a establir comunicació amb Barcelona. Finalment va sentir la veu fastiguejada del seu amic.

—Valentí?... Valentí, sóc en Guillem Massana. Em sents?... Sí, sí, ja ho sé. Ho sento, però m'era urgent parlar amb tu. Escolta, has d'esperar que jo acabi de parlar per contestar, si no no et sento. Et diré, canvi, per indicar-te que pots contestar-me, d'acord? Canvi... Sóc en un vaixell pesquer, al port d'una petita illa prop de Terranova. Canvi... No, no podia esperar. Mira, tinc un problema i m'hauries d'ajudar. Voldria que em diguessis si coneixes una droga, una amfetamina que es presenta en forma de petits cristalls transparents. Canvi... No, no, és una mica llarg d'explicar, ja ho faré quan torni a Barcelona. La droga la duia al damunt un mariner coreà. Canvi... N'estàs segur? Canvi... Fantàstic. Mira, el millor seria que m'enviessis un tèlex amb tota la informació que puguis sobre aquesta droga. Tens llapis i paper? Canvi... El tèlex has de trametre'l a la costera de Saint Lys. Comunicació de vaixells. Número de tèlex 042/531317. La identificació del vaixell és: LODAIRO/BBCD/SEL-CALL-08774. Canvi... Sí, correcte. Quan me'l podràs posar? Canvi... D'acord. Gràcies, Valentí. Una abraçada. Canvi i fora.

A les deu del matí —les dues del migdia a Barcelona— en Guillem va rebre el tèlex d'en Valentí Bassols:

«Droga possible: *ice*; els japonesos en diuen *shabu* i els coreans, *hiroppon*. Es una preparació pura d'hidroclorur de metanfetamina, sintetitzada al laboratori a partir de l'efedrina, un alcaloide obtingut de l'*Ephedra mahuang*, una varietat oriental de l'efedra. L'*ice* és originari del Japó, però va passar-se a fabricar a Corea del Sud quan el govern japonès la va declarar il·legal cap als anys cinquanta. Actualment s'ha introduït a Estats Units, via Hawai. És un gran estimulant de l'activitat, amb efectes semblants als de l'adrenalina. Durant la Segona Guerra Mundial els treballadors i soldats japonesos la consumien per augmentar el seu rendiment. Efectes secundaris: agressivitat, al·lucinacions, paranoia. Té uns efectes molt més perllongats que el crack —derivat de la cocaïna—. La dosi convencional és d'uns 10 mil·ligrams. El consum habitual demana dosis cada vegada més elevades que poden arribar fins als 8-10 grams diaris. La seva síndrome d'abstinència és força severa i es manifesta amb una sensació permanent de cansament, dolors musculars i depressió amb tendència al suïcidi. Addicció perillosa, ja que, a més dels efectes psíquics, provoca disfuncions pulmonars i renals. Preu al mercat: uns 500.000 dòlars per quilogram. Tendència a baixar davant l'augment de la producció en laboratoris clandestins a Estats Units i com a estratègia per augmentar el nombre de consumidors. Ves amb compte i no t'hi emboliquis. Al principi sembla inofensiva, però després és implacable. Una abraçada. Valentí».

Després de llegir el tèlex en Guillem va quedar convençut que el que havia arribat a Saint-Pierre amb el vaixell coreà era una remesa d'*ice* amb destí a Estats Units. Bé, aquesta informació l'ajudaria davant la policia a donar crèdit a les seves sospites. En Valentí havia fet una bona feina.

Era prop del migdia quan en Guillem va baixar a terra per anar a casa de la Carlota. El cel era gris plom i feia un fred terrible: deu o dotze graus sota zero. La poca gent que hi havia pel carrer caminava de pressa, oculta entre la roba d'abric. Saint-Pierre, tot i les seves casetes de colors vius, tenia un aire trist i melangiós. En aquells moments en Guillem va comprendre la Carlota. Dies així eren llargs de passar i omplien l'esperit de tenebres. I a Saint-Pierre n'hi havia molts, de dies com aquell. Ell tampoc podria viure en un lloc on el sol només escalfa un parell de mesos l'any i els colors rarament llueixen clars i brillants. Hi fan tant el sol i la llum en l'estat d'ànim! Sobretot per a algú que vingui d'un país mediterrani, acostumat als cels blaus i als colors intensos. En Guillem va arribar a casa de la Carlota pesant-li el dia com un mal presagi.

La Carlota i el seu marit ocupaven una d'aquelles

casetes de fusta, pintades de colors vius, típiques d'a-
quelles latituds septentrionals. La seva era groga, amb
els marcs de portes i finestres de color blanc. Com
gairebé totes, tenia una doble entrada, que s'aixecava
uns cinquanta centímetres de terra i s'hi accedia per
tres graons, a banda i banda dels quals, ara, s'amunte-
gava la neu. En Guillem va pujar els graons que duien
a l'entrada i, en franquejar la porta del carrer, es va
trobar amb la porta d'accés a la casa oberta de bat a
bat. Era estrany en una casa que es vol mantenir ca-
lenta.

—Carlota? —va preguntar des del rebedor.

No va obtenir resposta.

—Carlota! —va insistir.

Tampoc. En Guillem va entrar a la casa i va pujar
a l'estudi de la noia, que era al primer pis.

—Carlota?

L'estudi estava completament capgirat. El cavallet
de pintar estava tombat a terra i la tela caiguda de cara
avall, el mateix que la paleta. Tots els tubs de pintura
i els pinzells estaven escampats pel damunt de la mo-
queta, que presentava, a més, una gran taca d'aigua-
rràs. L'olor era inconfusible. Tamboret i cadires esta-
ven bolcats. Era obvi que allí hi havia hagut una
baralla. En Guillem va quedar-se quiet enmig de l'es-
tança. Estava atordit. Maquinalment va recollir la tela
i els dits li van quedar tacats de pintura. El que fos
havia passat feia molt poc. Es va maleir per haver-se
entretingut al vaixell. No sabia què fer. Finalment, va
agafar el telèfon i va trucar a la policia. Després va tru-
car al doctor Teixeiro a l'hospital.

*　*　*

L'inspector Perrin i el doctor Teixeiro van escoltar amb atenció en Guillem Massana. Quan va acabar el relat, l'inspector el va mirar fixament sense dir res; meditava. Al seu costat, damunt d'una tauleta baixa hi havia la revista coreana i el tèlex d'en Valentí Bassols, que el noi havia mostrat per tal de donar més crèdit a la seva narració. Eren a la sala d'estar de casa la Carlota.

—Tot el que m'acaba de dir, senyor Massana, és força coherent i no dubto que sigui cert —va dir l'inspector finalment—. Però la policia no pot detenir ningú només amb la seva paraula i una revista pornogràfica com a única prova d'un presumpte tràfic de drogues. I més tractant-se d'una persona tan ben considerada a Saint-Pierre com el senyor Étienne Robert. Necessitem evidències.

—Però la desaparició de la senyora Teixeiro és una evidència.

—De moment tan sols és una absència del domicili, que potser acabi resultant un simple passeig. Fins i tot el seu marit dubta que pugui haver estat segrestada.

Tenia raó, el doctor Teixeiro no acabava de creure's que la desaparició de la seva dona respongués a unes causes tan insòlites com les que havia exposat en Guillem Massana. Allò només passava a les pel·lícules. Per a ell, el que segurament havia passat era que la Carlota havia tingut una de les seves crisis i, després d'engegar-ho tot a dida, havia sortit que li toqués l'aire. Estava convençut que la veuria aparèixer per la porta en qualsevol moment. El seu afany per trivialitzar la situació no havia ajudat gens en Guillem a trametre la idea del perill que podia córrer la noia.

—Mirin, senyors —va començar a dir l'inspector

Perrin mentre s'aixecava—. El que podem fer és esperar unes hores. Si la senyora Teixeiro no apareix, m'avisen i començarem les investigacions. Mentrestant, no toquin res de l'estudi. Si es confirma la seva desaparició, haurem de recollir totes les empremtes que hi trobem i comprovar-les.

—Però i tot el que li he dit? —va preguntar en Guillem, evidentment contrariat per l'actitud passiva de l'inspector.

—No es preocupi que serà investigat —va respondre l'inspector mentre es posava els guants—. Però a partir d'ara, senyor Massana, li agrairia que deixés de fer la feina de la policia i es limités a venir a declarar si li ho sol·licitem.

L'inspector i els dos agents que l'acompanyaven van sortir al carrer. A la casa es van quedar sols el doctor Teixeiro i en Guillem. La situació era tensa i no va trigar gaire a petar.

—Perdona la franquesa, però ets un estúpid, doctor. Estem perdent unes hores que poden ser fatals per a la Carlota. I tot perquè no ets capaç d'imaginar que la realitat pot anar més enllà de la teva punyetera rutina.

El doctor Teixeiro va quedar desconcertat pel to dur d'en Guillem. La seva resposta va ser la pregunta que el torturava des de feia hores.

—Què hi ha entre tu i la Carlota?

En Guillem el va mirar sorprès. Aquell home estava gelós d'ell.

—Què vols que hi hagi? Res. Simpatia. Ella em va convertir en confident de la seva vida i jo, estúpid de mi, la vaig convertir en confident dels incidents que m'havien passat a Saint-Pierre. I ja veus, una cosa que va iniciar-se gairebé com un joc de confidències, s'ha convertit en una veritable bomba de rellotgeria que potser ja ens ha explotat a les mans.

—Què et va dir de mi..., de nosaltres? —el doctor Teixeiro continuava més preocupat per saber coses sobre la seva relació amb la Carlota que per ella mateixa.

—Res. No em va dir res.

—No m'ho crec. Estic segur que et va parlar de nosaltres.

El doctor Teixeiro tenia la mirada clavada en el Guillem. En les seves ganes de saber què li havia dit la Carlota hi havia una certa desesperació. De sobte va apartar els ulls del noi i va asserenar el to.

—Comprenc que no m'ho vulguis dir... Però si t'ho pregunto és perquè vull saber on som la Carlota i jo..., en quin moment es troba la nostra relació... I sobretot, on és ella.

—I per què no li ho preguntes directament?

El doctor Teixeiro va dubtar abans de respondre.

—Perquè no m'atreveixo —va dir finalment amb aire abatut.

En Guillem va sentir néixer un cert sentiment de compassió cap aquell home que no entenia res del que li estava passant, que veia naufragar el seu matrimoni sense saber per què i que se sentia incapaç de fer res per evitar-ho.

—Sí, em va parlar de vosaltres..., em va dir que..., que teníeu problemes..., que no us enteníeu, que se sentia sola i sense estímuls, que estava cansada de viure a Saint-Pierre, que l'illa l'ofegava, i que tu no feies cap esforç per entendre-la.

—Això no és cert! —va saltar el doctor Teixeiro—. Estic procurant ser comprensiu i acceptar les seves excentricitats. S'ha passat dies sencers sense mirar-me a la cara i no he dit res. Hi ha dies que arribo i no hi ha res per menjar i tota la casa està feta un desastre, i no he dit res. Des de fa uns mesos molts vespres no hi és quan torno de l'hospital i apareix a les onze o a les dotze de la nit i, de vegades, beguda, i no he dit res. Això mateix d'avui...

—Això d'avui, Tomàs, no és cap excentricitat —en el to d'en Guillem ara hi havia un cert desànim—. La Carlota està en perill, mentre tu i jo estem discutint sobre el vostre matrimoni. Em sembla una situació tan absurda!

El doctor Teixeiro, per primera vegada va calibrar la possibilitat que la història del segrest fos certa i va canviar de to sobtadament.

—Estàs segur que l'han segrestada?

—M'hi jugaria el coll.

De cop, el doctor Teixeiro havia perdut el seu aire escèptic i semblava realment aclaparat per la nova dimensió que prenien els fets.

—Aleshores, què podem fer? —la seva pregunta va sonar estranyament innocent.

—No ho sé, la veritat. Es tractava de convèncer la policia perquè intervingués el més ràpidament possible, però ara hem d'esperar...

—Però alguna cosa es deu poder fer! —va insistir el doctor Teixeiro, amb ganes d'actuar.

En Guillem va restar en silenci uns moments.

—No ho crec, però podríem provar-ho... —va murmurar.

—Què has dit?

—Quan em van segrestar, em van portar a la

«White Horse», i podria ser que també hi haguessin portat la Carlota. Al cap i a la fi, els segrestadors no tenen per què saber que jo sé on em van dur. Ells van fer tots els possibles per amagar-m'ho. Només l'Étienne Robert pot sospitar que conec el lloc, però tot i així... Et veus amb cor d'anar-hi? —va preguntar al doctor Teixeiro.

—Sí.

—Doncs som-hi.

A falta d'armes millors, en Guillem i el doctor Teixeiro es van proveir d'un parell de ganivets de cuina i una barra de ferro i es van dirigir cap al garatge.

LA «WHITE HORSE»

En Guillem Massana i el doctor Teixeiro van fer el viatge cap a la «White Horse» en un silenci total. Poc abans d'arribar-hi, en Guillem li va indicar al doctor que deixés el cotxe, que era més prudent acabar d'acostar-s'hi a peu. El cel continuava cobert i l'atmosfera gèlida, però encara no nevava. L'aire calent de l'alè es condensava a l'instant i formava un petit núvol blanc davant dels rostres crispats per la tensió i el fred dels dos homes. Intentant ocultar-se darrere les mates més altes del bosquet que envoltava la casa, s'hi van anar aproximant. La casa estava completament tancada i donava tota la sensació de ser buida.

—Mira —va dir el doctor Teixeiro a en Guillem, assenyalant-li la xemeneia.

Una tènue fumera s'enlairava cap al cel. Segurament era la calefacció. Bé, doncs, si la calefacció estava engegada era que a dins hi havia algú.

—Què fem? —va preguntar el doctor Teixeiro—. És impossible entrar-hi.

En Guillem no va contestar. Sí, era difícil entrar a la casa, però no impossible. Hi havia d'haver alguna manera de fer-ho.

—Mira —va dir finalment en Guillem—, farem el següent. Jo m'acostaré fins a la porta d'entrada i, tot seguit, tu et poses a cridar. Segurament sortirà algú per veure què passa, i aleshores jo el sorprendré i l'amenaçaré amb el ganivet.

—Vols dir?

—És l'única cosa que se m'acut. Si tens una proposta millor...

El doctor Teixeiro va estar dubtant uns moments.

—Bé..., i què crido?

—No ho sé, qualsevol cosa. Va, som-hi.

I en Guillem va sortir de darrere les mates que els ocultaven i, d'una corredissa va arribar a la porta d'entrada de la casa. Aleshores va fer un senyal al doctor Teixeiro perquè comencés a cridar.

—Eh! Els de la casa!

No hi va haver cap resposta. El doctor Teixeiro es va incorporar i es va apropar unes passes.

—Els de la casa! Em senten?

Aleshores es va obrir una de les finestres del primer pis.

—Què passa? —va cridar algú des de l'interior.

—Merda! —va mussitar en Guillem. Això no ho tenien previst. A veure com reaccionava el doctor.

El doctor Teixeiro es va apropar unes passes més.

—Doncs... És que he tingut un accident i hauria de trucar per telèfon.

—No tenim telèfon. Ho sento.

I la finestra es va tancar.

El doctor Teixeiro va quedar-se tallat i va mirar en Guillem. Aquest li va fer senyals perquè insistís.

—Escolti! Hi ha dos ferits a la carretera!

Res, els de la casa com si sentissin ploure.

Aleshores, el doctor Teixeiro, en un impuls irreflexiu, va fer una bola de neu i la va tirar contra la finestra. En l'acció li va caure la caputxa de l'anorac, que li mantenia el rostre mig ocult.

—Cabrons! —va cridar en el moment que la bola petava en el vidre.

Aquesta vegada va treure el cap un individu, que no era altre que en René.

—Que t'has tornat boig? Fot el camp d'aquí o...

En René va interrompre la frase sobtadament i es va enretirar cap a l'interior de la casa. L'havia reconegut. Al cap de poc, la porta es va obrir. El primer que va veure en Guillem Massana va ser una mà amb una pistola. No s'ho va pensar dues vegades i la va colpejar amb la barra de ferro. La pistola va caure a terra al temps que en Guillem Massana posava el ganivet al coll a qui la portava. No era en René; en René s'havia quedat al darrere i ara sortia en ajut del seu company, també armat amb una pistola.

—Llença el ganivet o ets home mort —va amenaçar.

En Guillem el va obeir. De sobte, el doctor Teixeiro va arrencar a córrer, allunyant-se de la casa. En René va disparar, una, dues vegades. El doctor Teixeiro va caure a terra.

—La mare que el va parir! Vés a mirar si és mort! —va ordenar en René al seu company. Estava molt excitat i d'una empenta va tirar en Guillem cap a l'interior de la casa—. I tu, desgraciat, passa a dins. Que no t'havia dit que no et volia tornar a veure? —I li va clavar un mastegot que el va tirar a terra—. Es veu que t'agrada fer de detectiu, eh? —I d'una puntada de peu el va arraconar contra la paret—. Doncs, els detectius reben, de vegades. Ho sabies? —I el va tornar a colpejar amb el peu.

En Guillem, arronsat, aguantava el xàfec de cops sense obrir boca. L'arribada de l'altre individu, que arrossegava el doctor Teixeiro, va deturar la pallissa.

—Ajuda'm a entrar-lo —va demanar.

—Tu, aixeca't i ajuda a carretejar el teu amic —va ordenar en René a en Guillem—. L'he mort? —va preguntar tot seguit, amb una certa ànsia.

—No. L'has ferit en una cama. Però deu tenir l'os trencat, perquè, en moure'l, bramava com un vedell i s'ha desmaiat.

El doctor Teixeiro estava blanc com el paper i havia perdut els sentits.

—On el portem? —va preguntar el company d'en René.

—A l'habitació petita, amb la dona.

Bé, així que la Carlota era allí. Tot i la situació crítica en què estaven, en Guillem va sentir una íntima alegria. Almenys l'havien trobada, i viva!

En René va obrir la porta i van entrar a l'habitació. La Carlota era dreta al mig de l'estança. Estava nerviosa, havia sentit els crits del seu marit i després els trets, i s'havia imaginat el pitjor. En veure'ls, es va avançar cap a ells.

—Guillem, què ha passat? Què té en Tomàs?

—L'han ferit.

—Tranquil·la, nena, que el teu marit és viu —va afegir en René, més tranquil ell també.

En Guillem i l'altre van estirar el doctor Teixeiro al sofà-llit.

—Però, què hi feu, aquí? —va insistir la Carlota.

—Em sembla que t'estaven buscant..., i ja t'han trobat —va contestar en René—. Ja l'heu trobada, oi, valents? Què us pensàveu, que ens mamàvem el dit, aquest i jo? Què ens enredaríeu com a babaus? Nena, els teus herois són un parell de tafaners que ho han emmerdat tot. Aneu-vos confessant, que ara sí que pinten bastos.

I dit això en René i l'altre van sortir de l'habitació i van tancar la porta amb clau.

L'habitació era la mateixa on havien tancat en Guillem. El terra de fusta, el paper de flors llampants, la tauleta i les dues cadires al racó, el sofà-llit... I aquesta sensació d'estar en un espai conegut el va ajudar a asserenar-se. Amb una bufanda van fer un torniquet a la cama del doctor Teixeiro, que seguia inconscient.

—Però com és que heu vingut tots dos sols? Ha estat una bogeria. I la policia, has parlat amb ells?

—Sí, hi he parlat, però no els he pogut convèncer. Diuen que necessiten una evidència.

—Però i el meu segrest, que no era prou evidència?

—No han cregut que fos un segrest. Opinaven que potser havies sortit a passejar...

—Després de posar tot l'estudi potes enlaire? Què es pensen que sóc boja?

En Guillem no volia contar-li el grau de responsabilitat que el seu marit havia tingut en l'actitud escèptica de la policia. No era el moment d'atiar desavinences conjugals.

—Hem quedat que si no apareixies al capvespre, els truquéssim per confirmar la desaparició.

—I si no els truqueu?

—Doncs llavors, el més probable és que es pensin que has tornat a casa i que tot ha estat una falsa alarma.

—I ja està? No ens buscarà ningú?

—Em penso que no.

En Guillem i la Carlota van estar una estona en silenci al costat del ferit. Estirat al sofà, el doctor Teixeiro havia recuperat els sentits, però el dolor el torturava i no parava de gemegar.

—El teu marit necessita un metge.

—I què podem fer?

—L'única cosa que se m'acut és parlar amb aquests dos i fer-los veure la seva gravetat.

—Oh, Déu meu, quin malson! —va lamentar-se la Carlota, desesperada—. Què creus que passarà?

—No ho sé. Sabem massa coses del seu negoci i ells saben que ho sabem...

—Vols dir que ens mataran?

—No crec que arribin a tant.

—No, sí que ho creus, però ho dius per no espantar-me... Et penses que sóc estúpida?

—No, no ho penso. Però no ens hem de deixar dur pel pànic. Encara tenim una carta per jugar.

—Quina? —va preguntar la Carlota amb un fil d'esperança.

—Dir-los que la policia ho sap tot i que la nostra desaparició confirmarà encara més el que els he contat.

—I tu creus que això els pot fer abandonar la idea de matar-nos?

—Depèn de les ganes que en tinguin i de si veuen alguna altra sortida. Mira, tinc la impressió que aquests individus no són uns assassins. En René s'ha desencaixat quan ha hagut de disparar contra el teu marit...

—Sí, però ho ha fet... Estic espantada, Guillem.

En Guillem li va agafar una mà i va somriure en un intent d'infondre-li confiança.

—No m'estranya. Jo també ho estic... Però has de sobreposar-te.

—Però és que estem a les seves mans, que no te n'adones?

La Carlota semblava a punt d'enfonsar-se. De sobte, en Guillem es va sentir responsable de tot el que els estava passant. Si s'hagués oblidat de la història del segrest tal com li havien dit en lloc de voler esbrinar què passava, ara no serien allí. Al cap i a la fi, què li importava a ell que trafiquessin en droga? Si fins a la mateixa policia semblava que els era indiferent, perquè s'hi havia de ficar ell? Que potser anava d'heroi per la vida, o d'abnegat defensor de la llei? No, creia que no, la seva actitud no era pas la d'un esforçat paladí del Bé a l'estil del pitjor cinema americà, o la d'un ingenu quixot modern. Mai fins llavors no havia estat un home agosarat, d'accions irreflexives i arriscades. Doncs, què li havia passat ara? Per què no havia sabut aturar-se a temps? Què l'havia arrossegat a buscar la causa última d'uns fets, sense considerar el risc que corria? L'única resposta que se li acudia era la curiositat, el seu maleït afany de saber el perquè de les coses, de no parar fins arribar al final, fins arribar a entendre-ho tot. La mateixa actitud que havia fet d'ell un investigador científic, l'havia dut a convertir-se per unes hores en un investigador d'accions humanes, en un improvisat detectiu. Però havia estat imprudent. No havia sabut valorar que en aquest camp d'investigació el perill que es corre és més gran que en el de la ciència, perquè l'objecte d'investigació, l'home, és, per a sí mateix, molt més destructor que no pas la natura.

* * *

No sabien el temps que devia haver passat quan van sentir que un cotxe s'aturava davant la casa. Al cap de poc, van escoltar veus que discutien i, després, unes passes que s'acostaven a l'habitació. Va girar la clau i la porta es va obrir. Tot i les seves sospites, tant la Carlota com en Guillem es van quedar sorpresos en veure l'Étienne Robert. Bé, ara ja no hi havia cap dubte. L'acompanyava l'home que havia interrogat en Guillem la primera vegada. Va ser ell qui va començar a parlar.

—Sembla que ens tornem a veure, oi, jove? —va dir dirigint-se a en Guillem—. Més hauria valgut que no, però. Bé, ja coneixen el senyor Étienne Robert. Els vol dirigir unes paraules de comiat.

L'Étienne Robert va mirar en Guillem, després la Carlota i va fer un gest de disculpa.

—No sabeu com lamento aquesta situació. Sobretot per tu Carlota, perquè t'aprecio, t'aprecio de debò. Però m'heu posat en una posició difícil, tan difícil que no tinc cap altra sortida que... eliminar-vos.

—No servirà de res —va intervenir en Guillem—. Abans de venir cap aquí he parlat amb la policia.

L'Étienne Robert va insinuar un somriure.

—Sí, amb l'inspector Perrin. Ja ho sé. Mira, noi, en aquest negoci, que tot just comença, hi ha moltes coses en joc, i per assegurar el seu funcionament ha calgut involucrar-hi molta gent... Entens què et vull dir, oi?

En Guillem no va respondre. Sí que ho entenia, era ben clar. L'inspector Perrin era un dels involucrats. Ara sí que la situació era desesperada.

—Saint-Pierre es mor —va continuar l'Étienne Robert en un to teatralment afligit—. D'ençà que els canadencs van establir el límit de pesca en les duescentes milles, l'illa ha anat esllanguint. Calia fer alguna cosa per revitalitzar-la. Però som massa lluny de París, i, per altra banda, les nostres autoritats es manifesten resignades i inoperants. I jo no puc veure-la morir a poc a poc. No puc veure com els nostres joves han de marxar de casa perquè aquí no tenen futur —el vell va fer una pausa per donar èmfasi al que anava a dir—. Davant d'aquesta situació, he assumit la responsabilitat de fer ressorgir Saint-Pierre.

—Traficant amb drogues? —va apuntar en Guillem, sorneguer.

—Exactament —va puntualitzar l'Étienne Robert, seriós, ignorant el to del noi—. No hi havia cap altra alternativa millor. El segle passat vam assolir l'esplendor traficant amb alcohol i ara el tornarem a assolir traficant amb substàncies estimulants. Sé que al principi hi haurà oposició per part dels sectors més escrupulosos, però quan vegin córrer el diner, els passaran els escrúpols. Es fa difícil renunciar al pastís quan es té gana.

La Carlota mirava l'Étienne Robert amb expressió incrèdula. Es resistia a admetre que l'home cínic i despietat que tenia al davant fos el mateix que ella coneixia, gentil i amable.

—Està boig —va mussitar finalment la noia.

—No, estimada, no estic boig... Diguem que sóc un nostàlgic dels bons temps de la prohibició i que vull que tornin.

—I per això ens ha de matar?

—Ja us he dit que ho lamento molt. Però és que no m'heu deixat cap altra alternativa.

—Comprenc la seva posició, senyor Robert, i cregui'm que sento causar-li tantes molèsties —va comentar en Guillem, irònic—. Tot i així, la nostra desaparició necessitarà una explicació. No poden desaparèixer tres persones sense més ni més d'una illa com Saint-Pierre i que ningú es pregunti on són.

—Això no l'ha de preocupar, senyor biòleg —va intervenir l'interrogador, sorneguer—. És un problema nostre i ja hi trobarem una solució.

—Doncs tinguin present que jo, de tot això, n'he parlat amb altres persones —va dir en Guillem.

Els dos homes el van mirar fixament, valorant què hi havia de cert en aquella última afirmació.

—Ah, sí? I amb qui, si es pot saber? —va preguntar l'Étienne Robert amb aparent innocència.

—No deu pas creure que sóc tan estúpid com per dir-li-ho, oi?

L'Étienne Robert va restar uns instants en silenci.

—Tinc la sensació que estàs jugant de catxa. Però si no és així, pots estar ben segur que, sigui qui sigui amb qui n'hagis parlat, quan trobin el teu cadàver preferirà oblidar-ho tot.

I després de dir això, l'Étienne Robert va fer mitja volta i va sortir de l'habitació. Darrere d'ell van sortir els altres; en René, que va ser l'últim, va tancar la porta amb clau.

De nou es van quedar sols a l'habitació en Guillem, la Carlota i el seu marit. Entre ells es va fer un silenci pesant que cap dels tres gosava trencar. Finalment va ser la Carlota qui va parlar.

—És veritat que has parlat amb algú més de tot això?

La pregunta havia estat formulada amb una por

terrible de saber-ne la resposta. Aquell era el darrer fil d'esperança al qual es podien agafar i no estava gens segura que es confirmés. Ella, com l'Étienne Robert, també es pensava que era un fanfarronada.

—Sí, però no em preguntis amb qui perquè tampoc no t'ho diré. No t'enfadis, però és millor així.

—I creus que ens pot ajudar?

En la seva veu hi havia el desig d'una afirmació que en Guillem no es va atrevir a negar.

—Potser sí.

El doctor Teixeiro, que havia estat en silenci tota l'estona, va fer un senyal perquè en Guillem se li apropés.

—Està malament l'assumpte, oi? —va dir amb veu dèbil.

—Sí, però ens en sortirem —va intentar animar-lo en Guillem—. Tu com estàs?

—Malament... La bala m'ha trencat el fèmur i em sento atordit pel dolor i enfebrat... —va fer una pausa, fatigat per l'esforç de parlar—. Mira. —I de la butxaca de l'anorac va treure un dels ganivets de cuina que havien agafat de casa seva—. Aquells brètols no m'han escorcollat...

—Dóna-me'l —en Guillem va agafar el ganivet i se'l va amagar entre la roba—. Això ens ha de salvar.

PERILL IMMINENT

Tots tres romanien en silenci, cadascun tancat en les seves pròpies reflexions. A en Guillem, la proximitat d'una possible mort el va dur a fer un repàs del que havia estat la seva vida fins llavors. Per la seva ment van passar records d'infantesa, moments que no tenien res de particular, però que havia viscut amb una especial intensitat. Va recordar la satisfacció que havia sentit en guanyar una cursa de bicicletes al poble on estiuejava, l'excitació d'una baralla a l'institut amb un perdonavides del seu curs, els nervis dels exàmens, la il·lusió amb què esperava l'arribada de les festes de Nadal, la joia innocent del dia de Reis, l'angoixa que sentia en retornar a l'escola després de les vacances. Sensacions puntuals que van desfilar amb rapidesa per la seva memòria i que li van semblar increïblement pròximes. Havia viscut tan poc, en realitat! Va recordar el seu pare, distant, estricte, autoritari. Li havia costat molt poder veure el seu afecte darrere aquella actitud exigent i, fins i tot, cruel, de vegades. S'havia hagut de fer gran per comprendre la inseguretat que s'amagava en aquella manera d'educarlo. Va recordar la seva mare, pacient, afectuosa, sempre disposada a intercedir per ell quan les coses es posaven difícils amb el pare. La seva mare era una dona sensible, possiblement més intel·ligent que el pare, però l'educació que havia rebut i els costums socials de l'època, l'havien deixada gairebé indefensa a les mans del seu home. Havia vist plorar molt la seva mare sense saber per què. Després, a poc a poc, a mesura que s'havia anat fent gran també va anar comprenent el seu drama. A en Guillem, pensar en la seva mare el va dur a pensar en la Carlota. La Carlota també era una dona sensible i intel·ligent, però que es rebel·lava. Fruit d'una altra generació, la Carlota no volia renunciar a res pel seu marit, a qui qüestionava fins i tot la seva actitud davant la vida. La mare mai no havia qüestionat res al pare, sempre havia acceptat les seves decisions tant si li agradaven com si no. No sabia fins a quin punt la seva mare havia estat feliç amb el seu pare. El que sí que veia clar era que la Carlota ja no podia ser feliç amb el seu marit i que acabaria deixant-lo.

—Què et passa? Per què em mires d'aquesta manera? —va preguntar la Carlota en sentir els ulls d'en Guillem fixos en ella.

—Perdona. Pensava en la meva mare.

—En la teva mare? Jo et faig pensar en la teva mare? —la resposta d'en Guillem no li havia agradat gens i això es va notar en el to de la pregunta.

—No. Més aviat ha estat la meva mare la que m'ha dut a pensar en tu —va precisar en Guillem—. Sou tan semblants i, alhora, tan diferents...

—Com és la teva mare? —va preguntar la Carlota, encuriosida.

El soroll de la clau al pany va deixar la pregunta en

l'aire. En René i el seu company van entrar. Els dos amb les pistoles a la mà.

—Vinga. Anem a fer una passejada. Agafeu el doctor.

En René estava evidentment nerviós. En Guillem va pensar que havia arribat el moment. Els anaven a matar. Va sentir la pressió del ganivet a la cintura i es va dir que havia d'estar atent i aprofitar el més mínim descuit d'aquells dos canalles.

Els crits de dolor del doctor en intentar aixecar-lo encara van posar més nerviós en René.

—Vols callar? —va cridar furiós.

—Aquest home no es pot moure d'aquí —va objectar en Guillem.

—I tant que es mourà! —i en René es va apropar al doctor Teixeiro i li va posar la pistola al cap—. O t'aixeques o et deixo estirat aquí per sempre!

La Carlota estava aterrida i en veure en René apuntant al cap del seu marit, es va posar a cridar enfollida i es va llançar contra el malfactor completament fora de sí. Instintivament, el company d'en René s'hi va acostar per treure-li del damunt la Carlota. Per un moment en Guillem va quedar a l'esquena dels dos sicaris. Ràpidament va treure el ganivet i es va sumar al tumult. En René i la Carlota van caure damunt del doctor Teixeiro, que va llançar un crit bestial. Es va sentir un tret i en René es va girar amb els ulls molt oberts cap al seu company. Aleshores el va veure amb la mà crispada a la pistola, que fumejava, i un ganivet de cuina clavat al coll. En René va buscar en Guillem amb la mirada i va aixecar la pistola per disparar, però no va arribar a fer-ho. Es va estremir i amb un gloc-gloc sord va caure a terra, deixant anar una glopada de sang. La Carlota, de genolls al costat del sofà-llit, es va posar a plorar convulsivament. En Guillem, blanc com el paper, va deixar lliscar l'esquena per la paret on s'havia recolzat fins a quedar assegut a terra. Tot havia passat en un instant. La seva vida o la seva mort havia estat en joc durant uns breus segons i havien tingut sort. Els havia tocat morir als altres. Els seus cossos jeien quiets damunt el terra de fusta. Els dos mantenien encara les pistoles agafades, apuntant-se l'un a l'altre, com en un estrany duel de cadàvers.

Van passar uns quants minuts. La Carlota es va anar asserenant i en Guillem va sortir de l'atordiment que li havien provocat els fets. Se sentia defallit, com si l'haguessin buidat per dins amb una cullereta. Però calia fer alguna cosa.

—Hem de sortir d'aquí —va dir en Guillem quan la Carlota va parar de plorar—. En qualsevol moment poden tornar l'Étienne Robert i l'altre.

Lentament es va aixecar de terra i es va apropar a la Carlota.

—Com estàs? —li va preguntar.

Ella va moure el cap afirmativament.

—Bé..., no et preocupis.

Va mirar el doctor Teixeiro.

—I ell?

—S'ha desmaiat.

En Guillem li va remenar les butxaques fins a trobar les claus del Nissan.

—Vaig a buscar el cotxe.

—Vinc amb tu. No vull quedar-me aquí sola.

La Carlota es va incorporar i junts van sortir de l'habitació.

* * *

Circulaven en silenci. Era fosc i nevava. Els llums del cotxe il·luminaven el voleiar dels flocs de neu damunt la carretera. L'eixugaparabrises grinyolava en el seu anar i venir d'una manera monòtona. En Guillem conduïa. La Carlota s'asseia al seu costat. De tant en tant, del darrere arribaven alguns gemecs apagats del marit. Després de la gran tensió a què havien estat sotmesos, els havia envaït una mena de lassitud que els mantenia callats i gairebé immòbils, i quan es movien, ho feien d'una manera mecànica i desmaiada, com desproveïts de voluntat pròpia.

A l'hospital, en Guillem va demanar ajut per baixar el doctor Teixeiro del cotxe. Van sortir el metge de guàrdia i un infermer.

—Què li ha passat? —va preguntar el metge.

—Ha tingut un accident i s'ha trencat la cama —va contestar en Guillem.

—Doncs té una ferida força profunda —va observar l'infermer.

—Sí, s'ha clavat un ferro.

Quan van quedar sols al quiròfan, en Guillem li va dir al metge que es tractava d'una ferida de bala, però que de moment no volia que la policia se n'assabentés.

—Això que em demana és molt irregular...

—Miri, doctor, és una qüestió de vida o mort que es mantingui el secret que el doctor Teixeiro és aquí fins que parlem amb la policia.

—Jo no puc...

—Fes-ho com un favor personal, Gaston —va murmurar el doctor Teixeiro.

—D'acord... Però demà hauré d'informar de la urgència i aleshores no podré amagar de què es tracta realment.

—És suficient. Gràcies, doctor.

—Què fareu tu i la Carlota...? —va preguntar el doctor Teixeiro.

—Anirem al meu vaixell. Em sembla que en aquests moments és el lloc més segur. Des d'allí intentaré localitzar el cap de la policia i el prefecte. Espero que no hi estiguin implicats ells, també.

El doctor Teixeiro va mirar en Guillem i va allargar la mà.

—Bona sort... I gràcies.

En Guillem la hi va prémer entre les seves.

—Demà et passarem a veure i espero poder-te dir que ja està tot resolt.

En Guillem i la Carlota van deixar l'hospital i es van dirigir cap el port. Quan van arribar al *Lodairo*, en Guillem va anar directament a la cabina del capità per explicar-li el que els havia passat i demanar-li que permetés que la Carlota es quedés al vaixell fins que tot se solucionés. El capità va mostrar-se indecís. Aquell vespre havien informat des de l'estació meteorològica de St. John's que a la matinada la ruta del Flemish Cap ja estaria lliure de gels, i ell havia previst salpar a trenc d'alba. En Guillem va insistir sobre la gravetat de la situació i, finalment, el capità va accedir a acollir la noia fins l'endemà al matí. No podien retardar més la sortida del vaixell. Mentre pujaven al menjador dels oficials, on els esperava la Carlota, el capità va dir a en Guillem que al capvespre, preocupat per la seva tardança i la imminència de la sortida, havia anat a la gendarmeria per veure si sabien res d'ell.

—Quan em van dir que no, que ningú que respongués a la teva descripció hi havia estat, vaig suposar que alguna cosa t'havia passat. Llavors vaig demanar pel comissari i li vaig explicar tot el que tu m'havies dit.

—I què va dir el comissari? —va preguntar en Guillem, interessat.

—Es va mostrar força sorprès i després de preguntar-me unes quantes coses sobre tu, va fer venir un inspector i li va ordenar que obrís immediatament una investigació dels fets.

—Recorda el nom de l'inspector?

El capità va dubtar un moment.

—...Pirren..., Pirrel..., o una cosa semblant.

—Perrin?

—...Perrin... Sí, potser sí que era Perrin.

—Doncs fotuda. És l'inspector a qui vaig explicar-ho tot a casa la Carlota i que després ha resultat estar embolicat en el tràfic.

En Guillem i el capità van entrar al menjador. La Carlota, pàl·lida i tremolosa, s'estava prenent un cafè que li havia pujat el mariner de guàrdia. En Guillem els va presentar i va dir a la Carlota que es podia quedar al vaixell, però només aquella nit; l'endemà al matí havien de salpar.

—El millor és localitzar immediatament el comissari i informar-lo de la nova situació... —va dir en Guillem. De sobte, però, es va quedar en silenci, com sospesant el que acabava de dir. Després va continuar—. Encara que si va confiar el cas a en Perrin, podria ser que ell també hi estigués involucrat...

El capità va mirar-lo, sorprès per aquella observació.

—Ja sé per on vas —va dir després d'uns instants—. Si el comissari volia que tot el que li acabava de dir quedés en no res, però guardant-se ell les espatlles davant meu, el millor era confiar la investigació a en Perrin. No és això?

—Exactament.

—Bah! No ho crec. No semblava un mal home, el comissari. El cor em diu que va actuar de bona fe, que ignorava la vinculació de l'inspector amb els traficants.

—Però també podria ser que no —va insistir en Guillem.

—Sí, és clar, podria ser —va admetre el capità.

Tots dos homes van quedar en silenci. La Carlota, absolutament esgotada, es mantenia al marge de la conversa.

—Crec que tal com estan les coses, hi ha pocs camins per seguir —va començar el capità, joguinejant amb els grans de sucre de la taula—. I, de moment, el més lògic és comptar amb l'ajuda de les autoritats. Si la corrupció està tan estesa que, fins i tot, el cap de la policia està involucrat en el tràfic de drogues, aleshores només quedarà una alternativa: fugir d'aquí. I això no és cap problema perquè demà salpem de Saint-Pierre.

—Si el comissari hi està complicat, fugir no és cap solució. A més, què passa amb la Carlota i el seu marit? I nosaltres hi hem de tornar, a Saint-Pierre. Què passarà aleshores? —va objectar en Guillem, pessimista—. Sabent el que sabem, aquesta gent no ens deixarà viure en pau. És o ells o nosaltres. I nosaltres no podem fer res contra una xarxa tan extensa i poderosa. Estem atrapats.

—Tens raó, però això només si el comissari hi està implicat. I aquest és un punt sobre el qual no tenim cap seguretat.

—I quan la tinguem?

—Aleshores ja es veurà què fem; però, ara per ara, crec que el millor és fer el que tu mateix has dit abans: localitzar el comissari i posar-lo al corrent de tot.

En Guillem va comprendre que el capità tenia raó, que s'estava deixant portar per la malfiança i les suposicions, i que no tenia cap motiu per pensar que el comissari estigués confabulat amb els traficants.

Va costar treure del llit el comissari, però finalment va accedir a traslladar-se al vaixell, encara que sota l'amenaça que si era per una bajanada es recordarien d'ell. Va trigar mitja hora en arribar. Duia el gest contrariat i els va abordar amb acritud. Però a mesura que en Guillem anava parlant, el seu rostre s'anava suavitzant i es mostrava més i més interessat. Quan va acabar el relat, va restar en silenci una estona. En Guillem, el capità i la Carlota l'observaven amb atenció.

—Així que l'inspector Perrin està involucrat en aquest assumpte —va murmurar finalment, pensatiu—. I possiblement d'altres policies... Bé, doncs, serà qüestió de fer neteja.

En Guillem i el capità es van mirar. Semblava que els pitjors temors no es confirmaven. Al comissari li havia passat la son de cop i es mostrava realment amoïnat per tot el que acabava de saber. La idea de la seva possible participació en la trama del tràfic va anar debilitant-se i la tranquil·litat va començar a asserenar els ànims.

El comissari es va posar ràpidament en acció. Des del seu despatx de la Prefectura va trucar el representant del govern a Saint-Pierre i el va convocar a una reunió urgent per l'endemà a les nou del matí. Tot seguit, va enviar a l'hospital una parella de gendarmes per protegir el doctor Teixeiro, i va disposar que es muntés un servei de vigilància permanent a casa de la Carlota. Després d'això, acompanyat d'en Guillem i tres gendarmes, va anar a la «White Horse». Eren gairebé les quatre de la matinada quan van arribar a la casa. Els cadàvers d'en René i el seu company continuaven allí. Després d'examinar-los, el comissari va trucar al jutge i va demanar-li una ordre de detenció contra l'Étienne Robert. Tot seguit va trucar a la gendarmeria i va ordenar que es vigilés l'Hotel Robert i els moviments del seu propietari. El desenllaç del cas era ja qüestió d'hores.

*　*　*

Durant el trajecte de tornada cap a Saint-Pierre, el comissari va dir a en Guillem que s'havia convertit en el principal testimoni de tot aquell assumpte i que hauria d'estar a disposició del fiscal. A més, encara que hagués estat en defensa pròpia, havia de respondre de la mort del company d'en René davant la justícia francesa. En Guillem, al seu torn, li va explicar els motius de la seva presència al bacallaner i la necessitat de sortir l'endemà cap al Flemish Cap. El comissari va dubtar per uns moments; finalment va accedir a deixar-lo marxar, però amb la condició que una vegada hagués acomplert la seva missió al bacallaner, tornaria a Saint-Pierre per a la identificació oficial de l'Étienne Robert i els seus còmplices i per fer front a l'acusació d'homicidi en defensa pròpia que presentaria el fiscal. En Guillem li va assegurar que així ho faria i, tot seguit, van anar a la gendarmeria a fer la declaració. De moment, i fins que no es trobessin altres evidències inculpatòries, les declaracions serien l'argument principal per procedir a la detenció de l'Étienne Robert.

A les set de la matinada, després d'haver signat la declaració, un cotxe de la policia va conduir en Guillem Massana al port. Els gendarmes també tenien l'ordre de recollir la Carlota i traslladar-la a casa seva.

—Bé, sembla que, a la fi, tot s'ha acabat —va dir en Guillem mentre acompanyava la Carlota cap a la passarel·la.

—Ha estat com un malson.

—Sí... Un malson al qual et vaig abocar.

—No diguis això... No t'has de sentir culpable; tot ha estat obra de l'atzar. L'atzar et va situar a la punta del Diamant aquell dia i en aquell moment precisos; l'atzar va fer que tornessis a Saint-Pierre i just atraquéssiu al costat del vaixell coreà; l'atzar va fer que ens coneguéssim; l'atzar, sempre l'atzar. Som tan sols simples víctimes de l'atzar —i la Carlota va somriure, animosa.

Malgrat el rostre pàl·lid i ullerós, el cabell despentinat, el seu posat cansat i aquell jersei vell, dues talles més gran, que algú li havia donat, en Guillem va trobar la Carlota més atractiva que mai. La va mirar llargament i també va somriure.

—Potser tinguis raó.

Quan van arribar a la passarel·la, es van acomiadar.

—Espero que quan tornis em vinguis a veure... De fet, no hem tingut temps de xerrar gaire tu i jo... Em deixes anar?

—Oh! Perdona —sense adonar-se'n, en Guillem li tenia retinguda la mà. Els dos van somriure—. És clar que et vindré a veure... i m'has d'ensenyar els teus quadres.

—D'acord... Adéu!

I la Carlota va començar a baixar per la passarel·la. En Guillem la va veure marxar amb una certa sensació de tristesa. Al llarg d'aquells dos dies li havia agafat afecte. No era una noia especialment bonica, però la seva sensibilitat i intel·ligència l'atreien. Quan va ser al moll, la Carlota es va tombar i va aixecar la mà, acomiadant-se.

—Bona pesca, mariner!

En Guillem també va aixecar la mà. Després la noia va pujar al cotxe de la policia, que, tot seguit, va arrencar i es va allunyar.

SALT SAINT PETER BANK

EL comunicat meteorològic preveia mal temps. Tot i així, havien de salpar si volien arribar al Flemish Cap el primer de març. En Guillem Massana sabia que la gran mola de bacallans es posava en moviment a finals d'hivern, però no havia pogut establir una data precisa. Pensava que depenia de factors com la temperatura de l'aigua, els corrents marins, l'estat atmosfèric... Era qüestió, doncs, de situar-se com més aviat millor damunt del Salt Saint Peter Bank, on suposava que es reunien els bacallans, i rastrejar el fons fins a detectar la gran massa de peixos. No seria gens fàcil, però. Aquell banc tenia uns 3.000 quilòmetres cuadrats de superfície. Rastrejar-lo a consciència podia significar setmanes d'anar amunt i avall, com una llançadora, dins d'aquell immens quadrat imaginari. I evidentment podia passar que mentre rastrejaven per un cantó, la gran mola de bacallà es reunís i iniciés la seva llarga migració per l'altre. Per això havien establert amb el capità i el patró de pesca un sistema de rastreig que consistia a traçar amb els vaixells grans diagonals entrecreuades, per tal de cobrir amb el menor temps possible la major superfície.

El *Lodairo* i el *Lagunak* van abandonar el port de Saint-Pierre a les nou del matí. El cel estava cobert d'espessos núvols negres que confirmaven el mal pronòstic, i la temperatura era tan baixa que els pesquers van començar a carregar-se de gel tot just sortir a mar oberta. El ruixim que el vent arrencava de l'onatge, en tocar les parts metàl·liques que eren per damunt de la línia de flotació, es gelava immediatament i, solidificat, s'acumulava en l'obra morta dels vaixells.

—Ha vist, capità? Estem carregant gel.

—Sí. D'aquí a unes hores haurem de picar.

Al migdia els dos pesquers eren com dos fantasmes que solcaven la mar. Tota la part superior del casc, la coberta i el pont estaven coberts de gel. Cables i estais havien adquirit el gruix d'una cuixa, i els passamans semblaven llargues barres de gel aterrossat que anaven de proa a popa.

—S'ha de sortir a picar —va dir el capità al contramestre.

—Amb aquesta mar és perillós.

—Més perillós és navegar així. Que els homes es lliguin... I feu servir també les mànegues d'aigua calenta.

La tripulació del *Lodairo* va sortir a coberta amb malls i pales i van començar a picar el casc del vaixell per desprendre el gel. En l'operació s'ajudaven amb dues mànegues d'aigua calenta que utilitzaven per acabar de desfer el gel que quedava adherit.

En Guillem Massana estava impressionat per la magnitud del fenomen. L'aigua que aixecava la proa del vaixell, emportada pel vent, l'havia acabat recobrint per complet amb una capa blanca i gruixuda que, en poques hores, l'havia fet augmentar de pes perillosament. En aquells moments devien estar a uns vint-i-cinc graus sota zero. Uns dos-cents metres més enrera va veure el *Lagunak*, completament blanc, moure's pesadament damunt de les ones i va comprendre el perill de navegar en aquelles condicions. Amb tot aquell pes de més a la part superior de la nau, el seu centre de gravetat es desplaçava cap amunt i augmentava el risc de tombar.

Cada vegada, però, la mar estava més picada i l'operació de treure el gel es feia més perillosa. De sobte, un cop de mar va fer rodolar dos mariners per la coberta i van quedar penjant arran d'aigua dels caps que duien lligats a la cintura. Ràpidament els van pujar, però el sobresalt havia estat considerable. Davant d'això, el capità va fer entrar tothom a l'interior del vaixell per esperar que amainés el temporal.

Les onades eren enormes. S'apropaven compactes, imposants, aixecaven el vaixell com si fos una closca de nou, el mantenien suspès a la cresta per uns segons i, tot seguit, el deixaven caure al seu si sense cap consideració pels que eren a dins. El vaixell clavava la proa en l'onada següent i es tornava a aixecar mandrosament. Eren tan grans les onades que aquest ascens i descens del vaixell semblava que durés una eternitat. Des del pont, en Guillem veia aparèixer i desaparèixer el *Lagunak* darrere d'aquella gran massa d'aigua que es movia obstinadament amunt i avall. Quan era a la cresta de l'ona, el vaixell quedava pràcticament amb tot el casc a l'aire, només l'extrem de la popa mantenia un contacte visible amb l'oceà. Aquesta imatge esfereïdora durava només uns instants; immediatament el vaixell s'inclinava endavant i es deixava caure pel pendent de l'onada; aleshores, se'l perdia de vista, com engolit pel mar, fins que l'onada següent el rescatava. En Guillem va pensar que el *Lodairo*, on ell es trobava, era sacsejat de la mateixa manera que el *Lagunak* i va sentir un calfred que li recorria l'espinada. Veritablement la vida dels pescadors de bacallà era dura. Convertir en habitual una situació com la present demanava un tremp especial, que tots aquells homes tenien. El qui no, després d'una experiència així, ja no tornava als bancs de Terranova.

La tranquil·litat de la tripulació, que actuava com si no passés res d'extraordinari, va ajudar a en Guillem a mantenir-se serè, encara que per a ell l'experiència era completament nova i inquietant. No hi havia cap dubte que aquell viatge li deixaria, per diverses raons, un record intens. Va mirar el passat i va comprovar com els esdeveniments d'aquells dies havien diluït sensacions anteriors que creia inesborrables. Una vegada més va pensar en la Laura, però, ara, fets i personatge li semblaven llunyans i havien deixat d'anar acompanyats d'aquell dolor profund que el turmentava. Veia que podia recordar-la sense crispació, com un episodi més del seu passat, i que se sentia il·lusionat per tot el que tenia per davant. Íntimament va sentir una sensació de triomf que el va empènyer cap a la cuina a beure's un got de vi per celebrar-ho.

—Vaja, a què és deu el traguet? —va preguntar en Damián, el cuiner, en veure en Guillem bevent vi en aquelles hores del matí, cosa que no acostumava a fer.

—El temporal li ha obert la set —va intervenir, burleta, en Mikel, el patró de pesca, que corria per allí.

—Estic celebrant el tancament d'una vella ferida

—va contestar en Guillem, alegre, sense fer cas d'en Mikel.

—Doncs a veure si dintre d'uns dies podem celebrar la pesca del segle —va dir en Damián—. Jo vaig fer embarcar una caixa de cava català per brindar com cal si es presenta l'ocasió. I ja l'he posat en fresc, perquè vegis que no crec res del que diuen.

En Guillem se'l va mirar. El seu rostre havia adquirit de sobte una expressió greu.

—I què diuen?

En Damián va defugir la mirada d'en Guillem.

—Vaja, ja he fotut la pota.

—Vinga Damián, digues-me què passa. Què diu la gent de mi? Perquè és això, oi?

—Res..., no diuen res... —va contestar en Damián en un to que era evident que deien alguna cosa.

—Vinga, home... Em faràs un favor si m'ho dius. És molt desagradable saber que murmuren d'un i no saber per què. Aquestes coses o s'ignoren del tot o se saben i s'hi fa front. Estar a mitges és el pitjor. I ara tu ja has destapat l'olla. Vinga, parla o m'emprenyo.

—Bé, bé. Doncs diuen que no pescarem res, que portes la negra, que és la pitjor marea que mai hem tingut, que portem dos mesos a la mar i tenim les bodegues buides i que aquest gran banc de bacallà, si és que existeix, no seràs tu qui el trobi ni nosaltres els que el pesquem. I en tot l'embolic aquest de Saint-Pierre, encara que ningú sap ben bé què ha passat, hi veuen confirmada la teva mala astrugància. Això és el que diuen.

—I tots ho creuen?

—La majoria... Els gallecs som molt supersticiosos..., i aquí la majoria som gallecs... Ben pocs confien encara en la possibilitat de fer una gran pesca. Les apostes estan deu a u a favor del fracàs.

—I tu què en penses?

En Damián es va fregar les mans, incòmode.

—Home... Mira, jo..., jo crec que ets un bon xicot, però..., però també sóc gallec, saps, i..., i podria ser que estiguessis en una mala ratxa.

—Bah! Tot això són rucades. Vols que et doni un consell? Aposta tot el que tinguis que d'aquí a tres setmanes tornem a casa amb les bodegues plenes de gom a gom.

* * *

El temporal va allargar l'anada al Flemish Cap en un dia. Van arribar a aquest gran banc de Terranova el dia dos de març i immediatament es van situar damunt la platja del Salt Saint Peter Bank per començar a rastrejar. En Mikel va assumir la direcció de les operacions de pesca i la seva antipatia per en Guillem es va posar en evidència. Tot eren problemes per seguir el pla que havien traçat abans i contínuament el noi havia de suportar comentaris burletes i desmoralitzadors. Al capità li desagradava l'actitud del patró de pesca, però no s'hi volia enfrontar. Era mala cosa tenir en Mikel com a enemic. El cinquè dia de rastrejar, la situació va arribar al límit. Una vegada més s'havien recollit les xarxes sense pujar ni un sol bacallà.

—Marxem d'aquí! —va dir bruscament en Mikel, alhora que s'obria pas a puntades de peu entre les palaies, escórpores i escatosos que havien envaït la coberta.

En Guillem el va mirar. Tots els mariners estaven al voltant d'ells dos, xops, cansats, reflectint als rostres, entumits pel fred, el descoratjament d'aquell feinejar estèril.

—Això és una cosa que hem de discutir tu i jo en privat —va objectar en Guillem, procurant no perdre la serenitat.

—No s'ha de discutir res. Aquí qui mana sóc jo i dic que ens en anem. Estic tip de perdre el temps en aquesta platja, buscant un fabulós banc de bacallans que no existeix.

En Guillem, en veure l'actitud agressiva i intransigent d'en Mikel, va girar cua i va pujar cap al pont. A mig camí, però, carregat d'ira, es va tombar i s'hi va encarar.

—No deixarem el Salt Saint Peter Bank fins que l'haguem rastrejat tot. Això és el que vaig pactar amb l'armador i això és el que farem. Sortir d'aquí, aquesta vegada, és una decisió que no et correspon únicament a tu: tant jo com l'armador hi tenim alguna cosa a dir. I jo dic que no marxem. Ara vaig a parlar amb en Lazcano a veure què hi diu ell, i si continua confiant en mi, no et vull tornar a sentir cap comentari més fins que abandonem el banc. No estic disposat a consentir que la teva antipatia personal a causa d'una estúpida gelosia tiri per terra el meu treball d'anys i la possibilitat de treure'n un bon profit tots plegats.

En Mikel, que no s'esperava aquesta reacció irada d'en Guillem, va restar silenciós; el mateix que la resta de mariners que hi havia a coberta.

—Sé que em puc equivocar i que tots els esforços que fem siguin inútils i no trobem el gran banc. És cert. Però hem vingut aquí amb un objectiu concret i, ara per ara, no hi ha raons per abandonar-lo.

Ningú no es movia, era com si les paraules d'en Guillem Massana els haguessin deixat clavats a la coberta. Eren homes senzills i valerosos, però que necessitaven confiar en qui els conduïa. La malfiança d'en Mikel els havia arrossegat a dubtar de l'encert del que estaven fent i de qui havia llançat la proposta. Però ara, després de sentir-lo defensar amb coratge la seva idea, tornaven a pensar que potser s'equivocaven, que potser valia la pena continuar buscant...

—A més —va continuar en Guillem, conscient de l'efecte que les seves paraules havien tingut—, penseu que si trobem el banc, dos dies més i a casa. No val la pena córrer el risc? Vosaltres que sou jugadors, que heu apostat pel fracàs, no és millor fer-ho pel triomf? —va fer una pausa i, tot seguit, dirigint-se a en Mikel va afegir—. Mikel, véns a parlar amb Pasai?

Tots els homes van mirar el patró de pesca.

—Llenceu a l'aigua tota aquesta porqueria —va ordenar secament. I sense dir res més va seguir en Guillem cap al pont.

Els mariners van agafar les pales i van posar-se a retornar al mar el que havien tret. Les robes d'aigua i els cascs, de colors vius, relluïen a la llum dels focus que il·luminaven la coberta. Feia un fred terrible, però, per sort, el vent havia amainat i la mar estava més calmada.

*　*　*

L'armador va ratificar la seva confiança en el Guillem i van seguir rastrejant el Salt Saint Peter Bank.

Malgrat que els resultats van continuar sent descoratjadors, en Mikel no va tornar a obrir la boca. La moral dels mariners, que després de les paraules d'en Guillem havia augmentat, a poc a poc va tornar a decaure. L'oscil·lació de les apostes era un excel·lent indicador de l'estat d'ànim de la tripulació. Ara en Guillem n'estava en tot moment al corrent per en Damián, que s'havia convertit en el seu més obstinat defensor. En tot aquell continu llançar i recollir la xarxa inútilment, hi havia una circumstància que tenia tothom intrigat. I era que no treien cap bacallà; ni un. Treien de tot: escórpores, palaies, rajades, escatosos, tot el que hi podia haver en aquelles fredes aigües de l'Atlàntic, però bacallans ni un. Aquest fet, certament estrany, era l'únic que els mantenia en suspens. Fins i tot en Mikel, que des que havien parlat amb l'armador havia adoptat una actitud sorruda i indiferent, es mostrava encuriosit. No era normal que no traguessin ni un sol bacallà d'ençà que eren al Salt Saint Peter Bank. Allí passava alguna cosa; no sabien què, però passava alguna cosa.

La matinada del divuit de març, quan duien ja quinze dies de rastreig, el capità va fer cridar en Guillem al pont. Quan va pujar-hi, va trobar el capità i en Mikel observant atentament la pantalla de la sonda.

—Mira. Aquí baix passa alguna cosa —va dir el capità, assenyalant la pantalla—. Segons la carta batimètrica estem navegant sobre un fons de tres-cents metres i en canvi la sonda n'assenyala cent trenta. I això no és el més estrany. El més estrany és que aquest fons, des de fa deu minuts, està pujant continuadament.

—No deu ser que ens estem movent sobre un

fons inclinat, que ha passat de tres-cents metres a cent trenta en aquest temps?

—Un desnivell així s'hauria de reflectir a la carta i no ho està. Per altra banda, he comprovat la nostra posició tres vegades i és correcta. Estem exactament aquí i el fons l'hauríem de tenir a tres-cents deu metres exactament.

— La carta pot estar malament.

—M'estranya, és una carta canadenca i acostumen a ser molt precises. A més, nosaltres hem passat altres vegades per aquí i mai havia notat aquesta contradicció entre la carta i la sonda. Mira, ara tenim el fons a cent vint metres. Segueix pujant. És increïble. Si no s'atura haurem de fer alguna cosa.

—Fotre el camp d'aquí. Això és el que hem de fer. I com més aviat millor —va intervenir en Mikel.

—Ni parlar-ne —va respondre en Guillem—. Si no ho entenc malament, no és que nosaltres ens moguem i, en aparença, el fons pugi, sinó que el fons està pujant realment. És un fons que es mou.

—Exactament —va confirmar el capità—. Tens alguna explicació?

—Em sembla que ja hem trobat el que buscàvem.

Els dos marins van mirar en Guillem, interrogants.

—Aquest fons no és el fons real, sinó una massa de peix tan gran i compacta que la sonda la llegeix com a fons.

—Sí, home. I què més? —va exclamar en Mikel, incrèdul.

—Quina altra explicació hi trobes, tu? Dóna-me'n una que et sembli més lògica. Si la carta batimètrica està bé, si som a la posició calculada, si la sonda funciona correctament, ja em diràs quina explicació li dones.

En Mikel va meditar uns moments.

—No ho sé... No se m'acut res... Però això que dius és impossible.

—Impossible? Si ens mantenim en aquesta posició, d'aquí a dues hores tindràs més bacallà a la xarxa del que mai has pogut somiar.

En Mikel seguia amb la mirada clavada a la pantalla de la sonda, com si mitjançant aquella persistent observació pogués trobar una interpretació lògica del que estava marcant.

—Podria ser un terratrèmol al fons del mar....

—No, això sí que és impossible. Si fos un fenomen tectònic el que fa pujar el fons marí a aquesta velocitat, et puc ben assegurar que en aquest moments no estaríem contemplant la pantalla d'aquest monitor sinó que tindríem molts metres d'aigua per damunt. Un terratrèmol que elevés el fons de la manera que veiem aquí, aixecaria una ona gegantina, capaç de submergir l'illa de Saint-Pierre sencera. No, això no és un fenomen geològic, sinó biològic. És el gran banc de bacallans que inicia la migració cap al mar de Barentsz.

En Mikel va mirar en Guillem amb el rostre entenebrit per la inquietud. Estava desconcertat. Tota la seva vida a la mar i no entenia el que estava succeint.

—No hi donis més voltes. És això que et dic. T'hi jugues un sopar?

—D'acord.

—Però per a tota la tripulació, eh? —va afegir en Guillem, somrient.

—D'acord, per a tota la tripulació —va acceptar en Mikel.

—Doncs, som-hi. Avisa els homes que estiguin preparats per llançar la xarxa d'aquí a mitja hora.

* * *

Hi ha una viscositat en l'aire que ho sumeix tot en una atmosfera irreal. El cel és cobert per una estreta capa de núvols, dels quals el sol arrenca una resplendor fluorescent. El mar té un color metàl·lic estrany, entre plata i plom, i una olor salina penetrant, més intensa que de costum. Fins i tot el batre de les ones i el soroll dels motors semblen més apagats. El *Lodairo* llança la xarxa i li passa el cap al *Lagunak*. Es tiben les ralingues i comencen a arrossegar l'art per l'oceà. Lentament. Els moviments dels vaixells i dels homes s'allarguen d'una manera incomprensible, com si es produïssin a càmera lenta. Tot tendeix a la quietud, al silenci. I de sobte, una explosió de vida. El mar comença a bullir. Centenars, milers, milions d'aletes trenquen la superfície regular de l'aigua. Cossos lluents, vibràtils, poderosos, colpegen el casc del vaixell, que ressona com un timbal. Els dos pesquers gairebé s'aturen. La xarxa està plena i tiba d'una manera inusitada. Els homes estan neguitosos. Mai no havien vist una cosa així. Bacallans, milers i milers de bacallans d'una dimensió extraordinària rodegen els vaixells. El seu xipollejar aixeca una remor sorda que sembla ressonar en el silenci. Alguns mariners s'han posat a resar. Potser ara, més que mai, pensen que aquell científic està maleït, que els ha conduït fins al mateix infern. Perquè allò que estant veient no sembla d'aquest món.

—Recolliu la xarxa!

El *Lagunak* s'acosta al *Lodairo* i li torna el cap. Les

maquinetes tiben les ralingues, però amb prou feines es pot tancar la xarxa.

—Rebentarà —diu un mariner.

Lentament, molt lentament la xarxa comença a pujar per la rampa del *Lodairo*.

—Déu meu! És increïble —murmura en Mikel, que vigila la maniobra des de l'aleró del pont.

Milers de boques obertes, d'ulls, d'aletes, de cues, de ganyes, de cossos escatosos omplen la malla. Tones i tones de bacallà que es resisteixen a acabar de pujar a la coberta del vaixell. Si tiben més petaran les ralingues o s'obrirà la xarxa. En Mikel ho intueix. Ara sí que valen tants anys a la mar.

—Atura't! Atura't! —crida a qui controla les maquinetes—. És impossible embarcar tot aquest peix aquí. S'ha d'obrir la xarxa, buidar-ne la meitat i passar-la al *Lagunak*.

I en Mikel es va llançar escala avall per dirigir la maniobra des de la coberta.

Al cap de dues hores el parc de pesca del *Lodairo* estava ple i la xarxa encara contenia prou peix com per omplir les bodegues del *Lagunak*. Prèviament tancada, van deixar anar la xarxa a l'aigua perquè la recollís el *Lagunak*. La mar estava cada vegada més agitada per aquella increïble massa de bacallans que semblaven intuir la proximitat de la mort. Els cops contra el casc havien augmentat i a l'interior del vaixell ressonaven com un seguit de sordes canonades.

—Tornarem a llançar, patró? —va preguntar el contramestre, eixugant-se la suor de la cara. En aquells moments ningú no sentia el fred.

—T'has tornat boig? Què vols, que ens enfonsem? —li contestà, excitat, en Mikel mentre pujava l'escaleta per tornar al pont.

A l'interior del pont hi havia el capità, que duia el timó, i en Guillem, que observava el feinejar de la gent des de les finestres de popa. En Mikel va entrar exultant.

—Collons, quina pesca! Si m'ho juren, no m'ho crec —va dir dirigint-se al capità. Aleshores es va adonar de la presència d'en Guillem i s'hi va apropar, allargant-li la mà—. Deixa que sigui el primer a felicitar-te per l'encert dels teus estudis.

En Guillem la hi va prémer.

—Gràcies. Ha valgut la pena aguantar, oi?

—I tant!

Tots dos estaven satisfets i havien oblidat els recels i les tibantors passades.

Al cap d'una estona el patró del *Lagunak* va avisar que tenia el parc de pesca ple i encara hi havia peix a la xarxa.

—Doncs a l'aigua i cap a casa! —va cridar-li en Mikel pel micròfon de la ràdio. I tot seguit va anar a posar un tèlex a l'armador:

«Portem la pesca del segle. Bacallans de la mida d'un home. Ha estat increïble. El científic tenia raó. Felicitacions. Mikel».

* * *

Aquell vespre hi va haver festa al menjador gran. En Damián es va lluir preparant un deliciós pollastre farcit per sopar. Ja tindrien temps de menjar bacallà. A l'hora de les postres es va brindar amb cava en honor del «Catalán», com li deien a en Guillem, i es van liquidar les apostes. Tothom li va haver de pagar a en Damián, que es va endur un bon feix de bitllets. Això sí, tots ho van fer de bona gana.

—D'aquesta marea torno ric —va dir en Damián, mentre comptava els diners que havia guanyat amb la juguesca—. I això que estem en plena crisi del bacallà. M'hauria agradat trobar-me aquesta mola de peix fa quaranta anys, quan es treia bacallà de qualsevol lloc d'aquest banc.

—Doncs a mi no —va saltar un mariner—. Si ara ja era d'espant, llavors...

—Llavors arrossegava vaixells al fons del mar —va dir un altre mariner—. Com el *Saint Peter*.

Hi va haver un breu silenci en el qual la tripulació del *Lodairo* que era al voltant de la taula va evocar l'extraordinari fenomen que acabaven de presenciar.

—Bé, ara ja has comprovat que la teva teoria és certa —va dir el capità a en Guillem—. Què faràs? Ho publicaràs?

En Guillem va restar uns instants pensatiu. Ja s'ho havia plantejat, allò. Ho publicaria? Era el seu primer èxit com a investigador i estava satisfet, sí, però alhora tenia por. Què podia passar si donava a conèixer l'existència d'aquell fenomen? Possiblement, en la propera migració, d'aquí a vint anys, els armadors enviarien al Salt Saint Peter Bank els seus vaixells a esperar la gran mola de bacallà. Desenes de bacallaners es disputarien la pesca del segle i acabarien amb la gran migració abans que iniciés la seva travessia secular.

—No, molt possiblement no ho publiqui —va dir, seriós.

El capità el va mirar interrogatiu.

—No vull facilitar el saqueig del mar —va continuar en Guillem mentre escurava l'ampolla de cava a la seva copa—. Serà el nostre secret —va afegir somrient—. Perquè suposo que vosaltres tampoc no direu res. Seria de rucs. Ara que sabeu on podeu venir a omplir les xarxes...

—Sí, però d'aquí a vint anys, no et fot —va remugar en Damián—. Jo segur que ja no hi torno, i possiblement la majoria dels que són aquí, tampoc.

Com havia de ser, va pensar en Guillem Massana. Havien assistit a una d'aquelles coses que només es poden presenciar una vegada a la vida; la resta, sigui curta o llarga, l'alimenta el seu record, que, a poc a poc, es converteix en llegenda.

*   *   *

Al cap de dos dies una patrullera francesa va recollir en Guillem per traslladar-lo a Saint-Pierre, tal com havia quedat amb el comissari. El *Lodairo* i el *Lagunak*, gairebé amb el casc enfonsat pel pes de la càrrega, van continuar rumb a Pasai.

NOTA DE L'AUTOR

ELS fets i personatges d'aquesta història són total-ment imaginaris; no així el marc geogràfic, que correspon a l'illa de Saint-Pierre, territori francès d'ultramar situat al sud de Terranova (Canadà), i al banc del Flemish Cap, situat a l'oceà Atlàntic.

La hipòtesi de la gran migració de bacallans està presa de la novel·la *La mar es mala mujer*, de Raúl Guerra Garrido, a qui agraeixo haver-me deixat utilitzar una idea tan suggestiva.

ÍNDEX

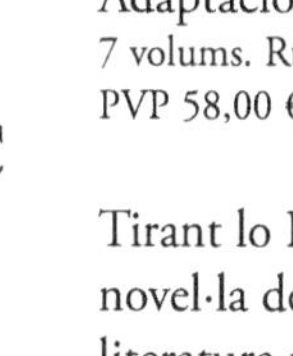

Sèrie Tirant lo Blanc

Joanot Martorell
Adaptació de Josep Lorman
7 volums. Rústica; b/n.; 13 x 21 cm.
PVP 58,00 €

Tirant lo Blanc està considerada la millor novel·la de cavalleries i un clàssic de la literatura universal.

En aquesta adaptació de 7 volums s'ofereix un text actualitzat i abreviat, respectant la riquesa argumental de l'obra original.

Moby Dick

Herman Melville
Adaptació d'Emili Olcina
128 pàgs.; rústica; b/n.; 13 x 21 cm.
ISBN 978-84-92442-49-2
PVP 9,00 €

Moby Dick, és una aventura marinera èpica, en què espresenta un duel entre l'home i les forces de la naturalesa, encarnades per un mar inexorable, on viu un ésser marí poderós i implacable. En aquesta adaptació per a joves hem prescindit de la major part de l'exhaustiva informació relativa a la cacera de la balena de l'obra original, a més, hem alleugerit les descripcions psicològiques dels personatges i les reflexions de caràcter filosòfic.

Dràcula
Bram Stroker
Adaptació d'Emili Olcina
Edicions en castellà i català.
192 pàgs.; rústica; b/n.; 13 x 21 cm.
ISBN 978-84-92442-17-1
PVP 10,00 €

Aquesta adaptació de la més cèlebre novel·la de Bram Stoker, Dràcula, a cura de l'escriptor de l'Emili Olcina, ens ofereix un text actualitzat i alleugerit, respectant la riquesa argumental de l'obra original, i destinat a un públic juvenil i adult.

Contes de Bagdad
Glòria Arimon
Amb la col·laboració de Josep Lorman
Il·lustracions: Helena Ruiz
Edicions en castellà i català.
112 pàgs.; rústica; b/n.; 13 x 21 cm.
ISBN 978-84-86684-64-8
PVP 9,00 €

Com en els relats de *Les mil i una nits,* els personatges de *Simbad, Alí Babà* i *Aladí i la llàntia meravellosa,* amb les cares i problemes dels joves de l'Iraq actual, tenen en comú les ganes d'aprendre, d'estimar i de passar-s'ho bé, i demostren que la paraula i la raó són les millors armes contra la barbàrie i la guerra.

Barcelona, la ciutat dels jardins amb xemeneia

Joan de Déu Prats
Il·lustracions: Lluís Filella
Edicions en castellà i català.
108 pàgs.; rústica; b/n.; 13 x 21 cm.
ISBN 978-84-86684-48-8
PVP 7,60 €

El Roger arriba a Barcelona procedent del Quebec per visitar la seva àvia. Però l'àvia ha desaparegut. Tanmateix, li ha deixat preparat ple d'enigmes i endevinalles per trobar un tresor amagat. Tot buscant l'àvia i el tresor, el Roger descobrirà un munt d'aspectes interessants de la història i la gent de la ciutat. Una eina excel·lent per conèixer Barcelona.

Los casos del inspector Hormiga

Joan de Déu Prats
Il·lustracions: Dani Giménez
Edició en castellà.
118 pàgs.; rústica; b/n.; 13 x 21 cm.
ISBN 978-84-86684-50-1
PVP 7,60 €

Mongo Moscardón, Johnny Cigarra, el doctor Piojo, McChinche… son algunos de los criminales que se tendrán que enfrentar al más famoso de los detectives invertebrados: el implacable inspector Hormiga.

La Patrulla Pesquera

Jack London
Edició en castellà.
120 pàgs.; rústica; b/n.; 13 x 21 cm.
ISBN 978-84-86684-43-3
PVP 7,60 €

En *La Patrulla Pesquera* encontramos la descripción de unos personajes singulares que entendían que en aquella bahía y en aquella época todo era válido, que la audacia y el valor eran los que determinaban las jerarquías, y que las mismas estratagemas, «el todo vale», la trampa, el engaño, usan los protagonistas para poder detener a los infractores de una ley que no castiga tanto el robo como una pesca indiscriminada.

La punta del Diamant

Josep Lorman
Edició en català.
126 pàgs.; rústega; b/n.; 13 x 21 cm.
ISBN 978-84-86684-44-0
PVP 7,60 €

Guillem Massana, un jove biòleg, s'embarca en un vaixell bacallaner que pesca als bancs de Terranova per tal de comprovar una hipòtesi científica. Però quan arriba a la petita illa de Saint-Pierre, és segrestat i no sap per què. Esbrinar-ho els portarà a ell i a la Carlota a descobrir una organització de narcotraficants disposats a fer el que calgui per mantenir la seva activitat en secret.

Les desventures de la Ventafocs

Josep Lorman
Il·lustracions: Lluïsot
Edicions en castellà i català.
24 pàgs.; cartoné; color; 21 x 29,7 cm.
ISBN 978-84-86684-72-3
PVP 15,00 €

Després de relatar, resumit, el conte de la Ventafocs per a aquells nens i nenes que no el coneixen, el narrador ens explica que un dia, quan llegia el conte al seu fill, va passar una cosa extraordinària. De sobte, el relat va canviar, i per molt que la fada padrina toqués la Ventafocs amb la vareta màgica per convertir-la en la noia preciosa que enamora el príncep, no s'hi convertia.

Sant Jordi, el Drac i la Princesa

Josep Lorman
Il·lustracions: Lluïsot
Edicions en castellà i català.
24 pàgs.; cartoné; color; 21 x 29,7 cm.
ISBN 978-84-86684-74-7
PVP 13,50 €

Aquesta recreació de la llegenda de Sant Jordi i el drac situa tots dos personatges en un parc temàtic modern, Medievàlia. Allí, cada dia, representen per a la concurrència la baralla de Sant Jordi i el drac, que és la màxima atracció del parc. Però el drac, que és un dels pocs dracs de debò que queden, té un accident...

La veritable història de Pinotxo

Joan de Déu Prats
Il·lustracions: Marta Brú
Edicions en castellà i català.
24 pàgs.; cartoné; color; 21 x 29,7 cm.
ISBN 978-84-86684-41-9
PVP 13,50 €

Era un arbre gran i vell que omplia el paisatge. Tenia el tronc fort i la capçada ample. Havia arrelat bé a la terra i això li havia permès pujar ben amunt i estendre llargues les branques, com si aquestes volguessin també arrelar-se a l'aire...

Els fantasmes de Nadal

(variació sobre un tema de Charles Dickens)
Josep Lorman
Il·lustracions: Ignasi Blanch
Edicions en castellà i català.
24 pàgs.; cartoné; color; 21 x 29,7 cm.
ISBN 978-84-86684-60-0
PVP 15,00 €

La nit de Nadal, el vell senyor Scrooge torna a rebre la visita del fantasma dels Nadals Futurs, que li mostra com aniran maldades al món si no s'hi posa remei. Llavors, reclama la intervenció dels tres fantasmes de Nadal per fer reflexionar als caps d'Estat dels vuit països més poderosos de la Terra per la recerca d'una solució.

Kaputxeta negra i el lleó ferotge

Lluïsot

Edicions en castellà i català.
28 pàgs.; tapa dura; color; 21 x 29,7 cm.
ISBN 978-84-92442-15-7
PVP 12 €

En aquesta versió del conte popular *La Caputxeta vermella*, de la mà de la protagonista trobarem com explicar als mes petits els valors de la igualtat de gènere, l'amistat i l'amor; veurem com, de vegades, les aparences enganyen i com cal estimar i respectar els animals i el seu hàbitat natural.

GENT I LLOCS DE BARCELONA

La Rambla

Il·lustracions: Pilarín Bayés
Joan de Déu Prats
Edicions en català, castellà i anglès.
24 pàgs.; cartoné; color; 24 x 17 cm.
ISBN 978-84-86684-45-7
PVP 14,00 €

La Rambla, vista des del cel, sembla una escletxa verda enmig d'un laberint. És un passeig pintoresc i cosmopolita perquè per ell circula gent dels cinc continents. És el passeig de Barcelona i hi trobaràs molt per divertir-te i per visitar. A La Rambla, però, s'hi ha d'anar, sobretot, a passejar, és a dir, a *ramblejar.* Us convidem a descobrir el passeig més bonic del món.

www.ingramcontent.com/pod-product-compliance
Lightning Source LLC
LaVergne TN
LVHW010345200726
843507LV00010B/1652